U0895633

光明于低头的一瞬

迟子建 著

浙江文艺出版社

总序

野草的呼吸

去年三月，雪花还未从北方收脚，寒流仍环绕冰城、不识相地穿街走巷时，盼春心切的我，一头扎进哈尔滨城郊的室内花卉市场，在姹紫嫣红的花中，选购了几盆色彩艳丽的四季海棠，抱回家中。

这一簇簇的海棠花儿，在窗前，在桌畔，就像迎春的爆竹，等待点燃。而悄无声息燃响它们的，就是阳光了。

在最初的一周，它们在日光中心思透明地大炫姿容，开得火爆。粉色的比朝霞还要明媚，鹅黄的娇嫩得赛过柳芽，橘色的仿佛通身流着蜜，火红的透着葡萄酒般的醇香，让人有啜饮的欲望。

居室春意盈盈，叫人愉悦。每日晨起，我都做早课似的，先阅花儿。我喝一杯凉白开，也给它们灌上一点生水。也许是浇水频繁的缘故吧，十多天后，我发现粉色的四季海棠首先烂了根，花儿做了噩梦似的，花瓣边缘浮现出黑边，像是生了黑眼圈。鹅黄的四季海棠叶片萎靡，花朵也蔫儿了。我以为它们缺乏营养，于是又浇花卉营养液。

可不管我怎样挽留，四季海棠去意已定，没有一盆不烂根的了，花茎接二连三倒伏，那一团团花朵，自绝于青春似的，香消玉殒。

我只得清理了残花败叶，沮丧地将花盆摞起，扔在阳台一角。

哈尔滨的春花，终于在四月中旬次第开放。先是迎春，接着是桃花、榆叶梅和樱花。李子树、杏树和梨树，紧随其后绽放，它们承担着坐果的使命，耽搁不得。再之后开花的，就是蔷薇和满城的丁香了。当丁香花释放着浓郁的香气，把哈尔滨变成一座大大的香坊时，爱音乐的人就聚集在松花江畔的斯大林公园了。拉手风琴和大提琴的，吹萨克斯和笛子的，莫不神采飞扬，激情荡漾。此时的松花江漂荡着谢落的榆树钱，它们挤挤挨挨在一起，涌动着向前，好像在为这春天的旋律鼓掌。

到了六七月，哈尔滨树上的花儿大都闭嘴了。不过不要紧，树下的草本花卉依附着大地，七嘴八舌地开了。园丁们栽培的郁金香、芍药、牡丹、鸢尾、玫瑰、石竹、瓜叶菊、孔雀草、凤仙花等等，一样千娇百媚，争奇斗丽。只是赏这样的花儿，人得一副奴隶的姿态，蹲伏着与其相视，不似与木本花卉比肩对望时，来得惬意。

但无论是树上还是树下的花朵，在去年都不如一盆野草带给我惊艳之感。

我不是把曾记录了四季海棠花事的花盆，弃在阳台角落了吗？虽说花叶无踪影了，可盆中残土犹存。暮春时分，一个午后，我去阳台晒衣服，无意间低头，发现这摞花盆的最上一盆，有银线似的东西在闪光。我凑近一看，原来是一棵细若游丝的草，从干硬的土里飞出来了！它已生长了一段时日了吧，有半根筷子长了。因为是从板结如水泥般的土里顽强钻出来的，缺光少水，它看上去病恹恹的，单细不说，草色也极为黯淡。

我想一棵草再折腾，也开不出花儿来，所以感慨一番，浇了点水，算是善待了它，由它去了。

那期间我忙于装修新居，忙于外出开会，在家时虽也去阳台舀米取面，晾衣晒被，但哪会顾及一棵草的命运呢？它就在无人的角落中，挣扎着活。直到七月下旬我参加香港书展归来，打扫阳台时，才发现它已成了气候。盆中的野草不是一棵，而是七八棵了，它们相互搀扶着，努力向上，疏朗有致，绿意荡漾。这盆不屈不挠成长的野草，终于打动了我，我把它搬到卧室的南窗前，当花儿养起来。

有了阳光的照拂，有了水的滋养，野草出落得比春花还要漂亮。它们像一把插在笔筒里的鹅毛笔，期待我书写些什么。有时我会朝它吹上一口气，看野草风情万种地起舞，将穿窗而入的阳光，也搅得乱了阵脚，窗前光影缭乱。有时我会含上一口清水，“噗——”的一声，将清水喷射到野草上，看它仿佛沐浴着朝露的模样。我就这样与野草共呼吸，直到哈尔滨的菊花，在浓霜中耷拉下脑袋，所有户外的花儿，在冷风中折翼，我居室的野草，依然自由舒展着婀娜的腰肢。它仿佛知道我嫌它不能开花似的，居然长出花茎，开出几株穗状的米粒似的花儿，如一面面耀眼的小旗子，宣誓着它的春天。

这盆欣欣向荣的野草，直到年底，才呈颓势。先是开花的草茎，变得干瘪，落下草籽。跟着是花盆外缘的野草，朝圣般地匍匐下身子。到了春节，野草大都枯黄，只有中央新生的草，仍是绿的。它就这样一边枯萎一边生新芽，所以直到如今，这盆野草，依然活着。

我从事文学写作三十余年了，小说应该是我创作的主业，因为在虚构的世界中，更容易实践我的文学理想。但我也热爱散文，常常会在情不自禁时，投入它的怀抱。它就像一池碧水，洗濯着尘世的我。这些不经意间写就的散文，就像我居室里的那盆野草，在小天地中，率性地生长，不拘时令，生机缭绕，带给我无限的感动和遐想。

当一个人的呼吸，与野草的呼吸融合在一起时，在寒刀霜剑的背后，在凉薄而喧嚣的世间，宁静与超然，安详与平和，善与慈，爱与美，就会在不老的四季中，缠绕在你的枝头，与你同在。

我愿将这样的野草，捧给亲爱的读者。

目 录

我对黑暗的柔情

听时光飞舞

光明于低头的一瞬

最是沧桑起风情

我对
黑暗的
柔情

神圣的不可侵犯的忧伤之美，是一个帝国的所有黄金和宝石都难以取代的。

伤怀之美

不要说你看到了什么，而应该说你敛声屏气、凝神遐思的片刻感受到了什么。那是什么？伤怀之美像寒冷耀目的雪橇一样无声地向你滑来，它仿佛来自银河，因为它带来了一股天堂的气息，更确切地说，为人们带来了自己扼住咽喉的勇气。

我八岁的时候，还在中国最北的漠河北极村。漫天大雪几乎封存了我所有的记忆，但那年冬天的鱼汛却依然清晰在目。冬天的鱼汛到来时，几乎家家都彻夜守在江上。人们带着干粮、火盆、捕鱼的工具和廉价的纸烟从一座座木刻楞房屋走出来。一孔孔冰眼冒出乳白的水汽，雪橇旁的干草上堆着已经打上来的各色鱼类。一些狗很懂得主人的心理，它们摇头摆尾地看到上鱼量很大，偶尔又有杂鱼露出水面时，就在主人摘钩的一瞬间接了那鱼，大口大口地吞嚼起来。对那些名贵的鱼，它们素来规规矩矩地忠实于主人，不闻不碰。就在那年鱼汛结束的时候，是黄昏时分，云气低沉，大人们将鱼拢在麻袋里，套上雪橇，撤出黑龙江回家了。那是一条漫长的雪道，它在黄昏时分是灰蓝色的。大人们抄着袖口跟在雪橇后面慢腾腾地走着，他们之间没有任何言语，世界是如此沉静。快到家门口的时候，天忽然落起大片大片的雪花，我眼前的景色一片迷蒙，我所能听到的只是拉着雪橇的狗的热气沼沼的呼吸声。大人们都消失了，村庄也消失了，我感觉只有狗的呼吸声和雪花陪伴着我，我有一种要哭的欲望，那便是初始体会到的伤怀之美了。

年龄的增长是加深人自身庸碌行为的一个可怕过程。从那以后，我更多体会到的是城市混沌的烟云，狭窄而流俗的街道，人与人之间的争吵、背信弃义乃至相互唾弃，那种人、情、景相融为一体的伤怀之美似乎逃之夭夭了。或者说，伤怀之美正在某个角落因为蒙难而掩面哭泣。

一九九一年年底，我终于又在异国他乡重温了伤怀之美。那是在日本北海道，我离开札幌后来到了著名的温泉胜地——登别。在此之前已经领略过层云峡的温泉之美了。在北海道旅行期间一直大雪纷纷，空气潮湿清新，景色奇佳。住进依山而起的古色古香的温泉旅馆时，已是黄昏时分了，我洗过澡穿上专为旅人预备的和服到餐厅就餐。席间，问起登别温泉有何独到之处时，日本友人风趣地眨眨眼睛说，登别的露天温泉久负盛名。也就是说，人直接面对着十二月的寒风和天空接受沐浴。我吐了下舌头，有些兴奋，又有些害怕。露天温泉只在凌晨三时以后才对女人开放。那一夜我辗转反侧，生怕不慎一觉醒来云开日朗而与美失之交臂。凌晨五时我肩搭一条金黄色的浴巾来到温泉区。以下是我在访日札记中的一段文字：

温泉室中静悄悄的，仍然是浓重的白雾袭来。我脱掉和服，走进雾中，那时我便消失了。天然的肤色与白雾相融为一体。我几乎是凭着感觉在雾中走动——先拿起喷头一番淋浴，然后慢慢朝温泉走去。室内温泉除我之外还有另外两人，我进去后就四处寻找露天温泉的位置。日语不通，无法向那两个女人求问，看来看去，在温泉的东方望见一扇门，上写五个红色大字：露天大风吕。汉语中的“露天大风”自不用解释，只是“吕”字却让人有些糊涂。汉语中的“吕”除了做姓氏之外，古代还指用竹管制成的校正乐律的器具，代表一种音律。把这含义的“吕”与“露天大风”联系起来，便生出了“由风弹奏，由吕校音”的想法。不管如何，我必须挺身而出了。

我走出室内温泉，走向那扇朝向东方的门。站在门边就感觉到了寒气，另外两个女子惊奇地望着我。试想在隆冬的北海道，去露天温泉，实在需要点勇气啊。我犹豫片刻，还是将门推开。这一推我几乎让雪花给吓住了，寒气和雪花汇合在一起朝我袭来，我身上却一丝不挂。而我不想再回头，尤其有人望着我的时候，是绝不肯退却的。我朝前走去，将门关上。

我全身的肌肤都在呼吸真正的风、自由的风。池子周围落满了雪。我朝温泉走去，我下去了，慢慢地让自己成为温泉的一部分，将手撑开，舒展开四肢。坐在温泉中，犹如坐在海底的苔藓上，又滑又温存，只有头露出水面。池中只我一人，多安静啊。天似亮非亮，那天就有些幽蓝，雪花朝我袭来，而温泉里却暖意融融。池子周围有几棵树，树上有灯，因而落在树周围的雪花是灿烂而华美的。

我想我的笔在这时刻是苍白的。直到如今，我也无法准确表达当时的心情，只记得不远处就是一座山，山坡上错落有致地生长着松树和柏树，三股泉水朝下倾泻，琤琤有声。中央的泉水较直，而两侧的面积较大，极像个打鱼人戴着斗笠站在那。一边是雪，一边是泉水，另一边却结有冰柱（在水旁的岩石上），这是我所经历的三个季节的景色，在那里一并看到了。我呼吸着新鲜潮湿而浸满寒意的空气，感觉到了空前的空灵。也只有人，才会为一种景色，一种特别的生活经历而动情。

我所感受到的是什么？是天堂的绝唱？那无与伦比的伤怀之美啊！我以为你已经背弃了我这满面尘垢的人，没想到竟在异国他乡与你惊喜地遭逢，你带着美远走天涯后，伤怀的我仍然期待着与你重逢。

一九九三年九月上旬，我意外地因为心动过速和痢疾而病倒了。一个人躺倒在秋高气爽的时节，伤感而绝望，窗外的阳光再灿烂都觉得是多余的。我盼望有一个机会出去呼吸新鲜空气。在城市里，我已经疲惫不堪。九月二十日，大病初愈的我终于踏上了一条豪华船。历时十天的旅行开始了。省人大的领导考察沿江大通道，加上新华社、光明日报社的两位记者和我的一位领导及同事陪同，不过二十人。船是“黑龙江”号，整洁而舒适。我们白天在甲板上眺望风景，看银色水鸟在江面上盘桓，夜晚船泊岸边，就宿在船上。船到达边境重镇抚远，停留一天后，第二天正午便返航了。那时船正行驶在黑龙江上，岸两侧是两个国度：中国和俄罗斯。是时俄罗斯正在内乱，但叶利钦很快控制了局面。那是九月二十五日的黄昏，饭后我独自来到船头的甲板。秋凉了，风已经很硬了，落日已尽，天边涌动着轰轰烈烈的火烧云，映红了半面江水。这时节有一群水鸟忽然出现在船头不远处，火烧云使它们成为赤色。它们带着水汽朝另一岸飞去，我目随着它们，这时我突然发现它们身上的红色蓦然消失了，俄罗斯那岸的天空月白风清，水鸟在那里重现了单纯的本色。真是不可思议，一面是灰蓝的天空和半轮淡白的月亮，另一侧却是红霞漫卷。船长在驾驶室发现了我，便用扩音器送出来一首忧郁缠绵、令人心动的乐曲。我情不自禁地和着乐曲独自舞蹈起来。我旋转着，领略着这红白相间的世界的奇异之美。我长发飘飘，那一时刻我感觉自己就是一个女巫。没有谁来打扰我，陪伴我舞蹈的，除了如临仙界的音乐，便是江水、云霓、月亮和无边无际的风了。伤怀之美在此时突然撞入我的心扉，它使我忘却了庸俗嘈杂的城市和自身的一切疾病。我多想让它长驻心中，然而它栖息片刻就如袅袅轻烟一般消失了。

伤怀之美为何能够打动人心？只因为它浸入了一种宗教情怀。一种神圣的不可侵犯的忧伤之美，是一个帝国的所有黄金和宝石都难以取代的。我相信每一个富有宗教情怀的人都遇见过伤怀之美，而且我也深信那会是人一生中为数不多的几次珍贵片断，能成为人永久回忆的美。

我对黑暗的柔情

我回到故乡时，已是晚秋的时令了。农人们在田地里起着土豆和白菜，采山的人还想在山林中做最后的淘金，他们身披落叶，寻觅着毛茸茸的蘑菇。小城的集市上，卖棉鞋棉帽的人多了起来，大兴安岭的冬天就要来了。

窗外的河坝下，草已枯了。夏季时繁星一般闪烁在河畔草滩上的野花，一朵都寻不见了。母亲侍弄的花圃，昨天还花团锦簇的，一夜的霜冻，就让它们腰肢摧折，花容失色。

大自然的花季过去了，而居室的花季还在。母亲摆在我书房南窗前的几盆花，有模有样地开着。蜜蜂在户外没有可采的花蜜了，当我开窗通风的时候，它们就飞进屋子，寻寻觅觅的。不知它们青睐的是金黄的秋菊，还是水红的灯笼花。

那天下午，我关窗的时候，忽然发现一只金色的蜜蜂。它蜷缩在窗棂下，好像采蜜采累了，正在甜睡。我想都没想，捉起它，欲把它放生。然而就在我扬起胳膊的那个瞬间，我左手的拇指忽然针刺般地剧痛，我意识到蜜蜂蜇了我了，连忙把它撇到窗外。

蜜蜂走了，它留在我拇指上的，是一根蜂针。蜂针不长，很细，附着白色的絮状物，我把它拔了出来。我小的时候，不止一次被蜜蜂蜇过。记得有一次在北极村，我撞上马蜂窝，倾巢而出的马蜂蜇得我面部红肿，疼得我在炕上直打滚。

别看这只蜜蜂了无生气的样子，它的能量实在是大。我的拇指顷刻间肿胀起来，而且疼痛难忍。我懊恼极了，蜜蜂一定以为我要置它于死地，才使出它的撒手锏。而蜇过了人的蜜蜂，会气绝身亡，即使我把它放到窗外，它也不会再飞翔，注定要化作尘埃了。我和它，两败俱伤。

我以为疼痛会像闪电一样消逝的，然而我错了。一个小时过去了，两个小时过去了，到了晚饭的时候，我的拇指仍然锥心刺骨地疼。天刚黑，我便钻进被窝，想着进入梦乡了，就会忘记疼痛。然而辗转着熬到深夜，疼痛非但没有减弱，反而像涨潮的海水一样，一浪高过一浪。我不得不从床上爬起，打开灯，查看伤处。我想蜜蜂留在我手指上的蜂针，一定毒素甚深，而我拔蜂针时，并没有用镊子，大约拔得不彻底，于是拿出一根缝衣服的针，划了根火柴，简单地给它消了消毒，将针刺向痛处，企图挑出可能残存着的蜂针。针进到肉里去了，可是血却出不来，好像那块肉成了死肉，让我骇然。想到冷水可止痛，我便拔了针，进了洗手间，站在水龙头下，用冷水冲击拇指。这招儿倒是灵验，痛感减轻了不少。十几分钟后，我回到了床上。然而才躺下，刚刚缓解的疼痛又傲慢地抬头了，没办法，我只得起来。病急乱投医，一会儿抹风油精，一会儿抹牙膏，一会儿又涂抗炎药膏，百般折腾，疼痛却仍如高山上的雪莲一样，凛冽地开放。我泄气了，关上灯，拉开窗帘，求助于天。

已经是子夜时分了，如果天气好，我可以望见窗外的月亮、星星，可以看见山的剪影。然而那天阴天，窗外一团漆黑，什么也看不见。人的心真是奇怪，越是看不见什么，却越是想看。我将脸贴在玻璃窗上，瞪大眼睛，然而黑夜就是黑夜，它毫不含糊地将白日我所见的景致都抹杀掉了。我盼望着山下会突然闪现出打鱼人的渔火，或是堤坝上有汽车驶过，那样，就会有光明划破这黑暗。然而没有，我的眼前仍然是沉沉的无边的暗夜。

我已经很久没有体味这样的黑暗了。都市的夜晚，由于灯火的作祟，已没有黑暗可言了；而在故乡，我能伫立在夜晚的窗前，也完全是因为月色的诱惑。有谁会欣赏黑暗呢？然而这个伤痛的夜晚，面对着这处子般鲜润的黑暗，我竟有了一种特别的感动，身上渐渐泛起暖意，有如在冰天雪地中看到了一团火。如今能看到真正的黑暗的地方，又有几处呢？黑暗在这个不眠的世界上，被人为的光明撕裂得丢了魂魄。其实黑暗是洁净的，那灯红酒绿、夜夜笙歌的繁华，亵渎了圣洁的黑暗。上帝给了我们黑暗，不就是送给了我们梦想的温床吗？如果我们放弃梦想，不断地制造糜烂的光明来驱赶黑暗，纵情声色，那么我们面对的，很可能就是单色调的世界了。

我感激这只勇敢的蜜蜂，它用一场壮烈的牺牲，唤起了我的疼痛感，唤起了我对黑暗的从未有过的柔情。只有这干干净净的黑暗，才会迎来清清爽爽的黎明啊。

雪山的长夜

午夜失眠，索性起床望窗外的风景。

以往赏夜景，都不是在冬季。春夜，我曾望过被月光朗照得荧光闪闪的春水；夏夜，我望过一叠又一叠的青山在暗夜中呈现的黝蓝的剪影；秋夜，曾见过河岸的柳树在月光中被风吹得狂舞的姿态。只有冬季，我记不起在夜晚看过风景。也难怪，春夏秋三季，窗户能够打开，所以春夜望春水时，能听见鸟的鸣叫；夏夜看青山的剪影时，能闻到堤坝下盛开的野花的芳香；秋夜看风中的柳树时，发丝能直接感受到月光的爱抚，那月光仿佛要做我的一绺头发，从我的头顶倾泻而下，柔顺光亮极了。而到了寒风刺骨的冬季，窗口就像哑巴一样暮气沉沉地紧闭着嘴，窗外除了低沉的云气和白茫茫的雪之外，似乎就再没什么可看的了。

然而在这个失眠的故乡的冬夜，我却于不经意间领略到了冬夜的那种孤寂之美。

站在窗前，最先让我吃惊的是那三座雪山。原以为不到月圆的日子，雪山会隐去真形，谁知它们在半残的月亮下，轮廓竟然如此分明，我甚至能看清山脊上那一道一道的雪痕！

那三座雪山，一座向东，另两座向南。在东向和南向的雪山之间，有一道很宽的缝隙，那就是呼玛河。我在春夜所观赏过的春水，就是它泛出的波光。冬夜里，河流被冰雪覆盖着，它看上去就像遗弃在山间的一条手杖。这巨大的手杖白亮而光滑，想必是天上的巨人所用之物。夜晚的雪山不像白日那么浑厚，它仿佛是瘦了一壳，清隽秀丽，因而显得高了许多。仿佛黑夜用一把无形的大剪刀，把雪山彻底修剪了一番，使它看上去神清气朗，英姿勃勃。

这三座曾十分熟悉的雪山，让我格外地惊诧。它们仿佛三只从天上走来的白象，安然凝望着北国的山林雪野和人间灯火。小城灯火阑珊，山脚下倒是有两簇灯火，一簇在南侧，一簇在东侧。这两簇灯火异常地灿烂华美，让我觉得它们是这白象般的雪山脚下挂着的金色铃铛，只要雪山轻轻一动，它们就会发出清脆的响声。

我久久地望着那两簇灯火。每日午后，我都要在山下的小路上散步。小城人没有散步的习惯，所以路上通常是我一人。一个人走在雪路上，是多么渴望雪山能够张开它宽阔的胸怀，拥我入怀啊。有一日我曾在河滩碰到几个挖沙的人，想必东侧的灯火是挖沙人的居所。而南侧的雪山并没有房屋，那儿的灯火是谁的呢？也许是打鱼人的？呼玛河中有味美的鲇鱼和花翅子，一些打鱼人就在河面凿了一口口冰眼下网捕鱼。看着这一派寒冷和苍凉的景象，谁能想到坚冰之下，仍有美丽柔软的鱼在自由地畅游呢！当我一厢情愿地认定那簇灯火是打鱼人的之后，我就幻想打鱼人起网的情景。那一条条美丽的出水芙蓉般的鱼跃出水面，看到这个暗夜中的冰雪世界，是不是会伤心泪垂？

雪山东侧的那簇灯火先自消失了。是凌晨一时许了，想必挖沙人已停止了夜战，歇息去了。而南侧的那簇灯火仍如白莲一样盛开着。我盯着那灯火，就像注视着挚爱的人的眼睛一样。

以往归乡，我在小路上散步总是有爱人陪伴。夏季时，我走着走着就要停下脚步，不是发现野果子了，就是被姹紫嫣红的野花给吸引住了。我采了野果，会立刻丢进嘴里。爱人笑我是个“野丫头”。有时蚊子闹得凶狂，我就顺手在路边折一根柳枝，用它驱赶蚊子。而折柳枝时，手指会弥漫上柳枝碧绿而清香的汁液。那时我觉得所有的风景都是那么优美、恬静，给人一种甜蜜、温馨的感觉。可自从爱人因车祸而永久地离开了我，我再望风景时，那种温暖和诗意的感觉已荡然无存。当我孤独一人走在小路上时，我是多么想问一问故乡的路啊：你为什么不动声色地化成了一条绳索，在我毫无知觉的时候扼住了他的咽喉？你为什么在我感觉最幸福的时候化成了一支毒箭，射中了我爱的那颗年轻的心？青山不语，河水亦无言，大自然容颜依旧，只是我的心已苍凉如秋水。以往我是多么贪恋于窗外的好山好水，可我现在似乎连看风景的勇气都没有了。

我很庆幸在这个失眠的冬夜里，我又能坦然面对窗外的风景了。凌晨两点多，南侧雪山的灯火也消失了。三座雪山没有因为灯火的离去而黯淡，相反，它们在星光下显得更加的挺拔和有光华。当你的眼睛适应了真正的黑暗后，你会发现黑暗本身也是一种明亮。仰望天上的星星，我觉得它们当中的哪一颗都可以做我身旁的一盏永久的神灯。而先前还如花一样盛开的人间灯火，它们就像我爱人的那双眼睛一样，会在我为之无限陶醉时，不说告别，就抽身离去。

雪山沐浴着灿烂的星光，焕发出一种孤寂之美。那隐隐发亮的一道道雪痕，就像它浅浅的笑影一样，温存可爱。凌晨四时许，星光稀疏了，而天却因为黎明将至呈现着一股深蓝的色调，雪山显得越发的壮美了。我想我在望雪山的时候，它也在望我。我望雪山，能感受到它非凡的气势和独特的美；而它望我的房屋，是否只是一头牛的影子？而我只是落在这牛身上的一只飞蝇？

我还记得一九九八年河水暴涨之时，每至黄昏，河岸都有浓浓的晚雾生成。有一天我站在窗前，望见爱人从小路上归家。他的身后是起伏的白雾，而他就像雾中的一棵柳树。那一瞬间，我有一股莫名的恐慌感，觉得这幻影一样的雾似乎把爱人也虚幻化了，他在雾中仿佛已不存在。现在想来，死亡就像上帝洒向人间的迷雾，它说来就来，说去就去。它能劫走爱人的身影，但它奈何不了这巍峨的雪山。有雪山在，我的目光仍然有可注视的地方，我的灵魂也依然有可依托的地方。

我感谢这个失眠的长夜，它又给予了我看风景的勇气。凌晨的天空有如盛筵已散，星星悄然隐去了，天空只有一星一月遥遥相伴。那月半残着，但它姿态袅娜，就像跃出水面的一条金鱼。而那颗明亮的启明星，是上帝摆在我们头顶的黑夜尽头的最后一盏灯。即使它最后熄灭了，也是熄灭在光明中。

谁能让我带走星空

祭灶前夜，我回到故乡。想必半个冬天在哈尔滨为烟霭所困，没过多少有蓝天的日子，也没呼吸多少好空气，眼睛和肺子空前亏着了，所以下了火车进了家，一顿酒肉下肚，见午后阳光甚好，窗外是白雪世界，也不顾旅途劳顿，冒着零下四十摄氏度的严寒，就去户外散步了。

我没戴口罩，大口大口呼吸着来自山野的新鲜空气。呼出的热气与冷空气交融，很快在我面部制造了一场“树挂”，未被帽子围巾护卫住的刘海、鬓角和睫毛，顷刻间濡满霜雪。刘海宛如花朵盛开的梨树，变得沉实了——那是花朵压弯枝条了！而寒风在我鬓角，不打招呼地插上两支鹅毛笔了！它们这么做，想让我书写冬天的诗篇吧。最有趣的是上下睫毛，霜雪做了红娘，生生将它们粘在一起了！可我要赏这大好冬景，就得让它们劳燕分飞。不管外部环境多么酷寒，人的眼睛永远涌动着温泉，只要使劲眨眼，眼底的热气就把睫毛的霜雪融化了！不过睫毛正浓情蜜意着，拆散它们是要付出代价的。你眨眼撕扯它们的时候，脱落的霜雪会掠走几根睫毛，做它们的俘虏。如果你在冰天雪地走一遭回来，发现睫毛稀疏了，千万不要大惊小怪啊。

踩着白雪走在街上，听着“咯吱——咯吱——”的回声，如闻天籁。抬头看天，它是那么的蓝，蓝得不真实似的，让人怀疑自己被罩在水晶玻璃里，直想用一把大锤，砸向那片蔚蓝，看它是不是天！百货商场前的小广场，成了爆竹、春联和灯笼的专卖场。卖主们一边招揽生意，一边跺脚御寒。不跺脚也不行啊，他们穿得再厚，也厚不过寒风的脸皮。我心想，这红红火火的春联和灯笼，要是变成一汪炭火该多好啊，可惜我不是魔法师。

腊月的街市，一派忙年的情景。在街角卖花生瓜子的汉子，在外站了多半天了吧，他的黑胡子挂着霜，成了白胡子了！卖糖葫芦的女人，冻得咝咝哈哈的，脸颊比糖葫芦还鲜艳！最让人为之瞩目的，是一条拉着三轮车奔跑的大黄狗。三轮车上载着一个老头和他采买的年货。狗跑得一身热气，眼睑处雪茫茫的，而老头叼着烟袋，自在地吸烟。联想起在城里看到的那些被主人打扮得漂漂亮亮的宠物狗，我对这条大黄狗无比怜惜。但转而一想，这狗参与了忙年的事物，有新鲜空气可吸，能为主人出力，兴许还很快乐呢。

这场雪中漫步，使我受了风寒，当夜就咳嗽起来。咳得睡不着的时候，我关掉灯，站在窗前望星空。窗外的山峦原野，此刻被白雪统率着，即便下弦月的日子，半个月亮加上满天繁星，也把它们照亮了。十多年前我和爱人最喜欢夜晚撩开窗帘，依偎在床上赏月。我们不止一次看见流星划过。很奇怪，他去世后，我回到我们生活过的地方，还是躺在这张床上，独自也赏了无数轮好月亮，却很少看到流星。如果说他是流星的话，划过短暂的生命时空后，我是多么希望他落入我的心底啊。因为到了我心底，他就是做了恒星了，再不会陨落。可我深知故乡的原野，是他魂牵梦系之地。而他坠入原野，是坠入辽阔和自由，比坠入爱人的心，更加地久天长。

故乡的星空显得很低，星星仿佛枝头的花朵，唾手可得。这样的星空，也就给人花团锦簇的感觉。我也曾无数次站在城市窗前望星空，可那里空气一年不如一年，我见到的星月，容颜也就越来越憔悴。月亮常常乌蒙蒙就出来了，像是多日没洗脸似的；而星星稀疏极了，混沌的大气中，有一张看不见的嘴，吞噬了太多的星星。所以每次回乡，我最惬意的，就是望星空。

第二天，母亲推门而至，见我重感冒了，埋怨我不该一下火车就去散步，待她看到我夜里没拉窗帘，“啊呀——”叫了一声，说我这是犯着星星了！在她眼里，星星不都是好东西，有心肠坏的，夜里缠磨在人身上，会让人害病。我小的时候，她不止一次听了算命先生的，勒令我“躲星”。天一擦黑，家里就像进入备战一样，早早关门闭户，不许外人进来。睡房的窗帘拉得严严实实的，外屋地的尿罐被端了进来，我不能到透进星光的外屋地解小手。好像星光是刀刃，擦着它们就会有灾。我长大以后，母亲虽然不迷信算命的了，但她对星星仍是心怀抵触，总嘱咐我睡觉别忘了拉窗帘。

明明是寒风犯下的错儿，母亲非算到星星身上，我心里直为它们叫屈。星星知道自己落了埋怨吧，我生病的那几天，它们忙碌极了，频频来我床前探视。没有一个夜晚，我不是沐浴着星光入睡的。这样的星光就是一味芬芳的药，很快治好了我的病。

我的故乡并不是世外桃源，因为有人类的地方，就会有罪恶，有腐臭和腥膻。所幸它的广阔和它的不发达，给这里的人们提供了良好的生存空间。即便是冬天，哪怕零下三四十摄氏度的严寒，哪怕吸进肺子的是冰碴，但这清冽的空气是多么令人留恋啊。

年过完了，我也要返城了。每次离开故乡，家人都会让我带上各色绿色食品，野生的蘑菇木耳，小磨坊磨出的黑面，各类江鱼、韭菜花、风干肠、小笨鸡、山野菜等等，够我吃小半年的。因为这半个冬天在哈尔滨被PM2.5所害，太向往新鲜空气了，我这次最想带走的，不是故乡的吃食，而是星空！因为带走这样的星空，就有了蓝天，有了好空气，有了温柔的梦乡！

可是谁能让我带走星空呢？我们又是在哪里失去了灿烂星空呢？

三十年前，我曾写过一篇童话《拾月光》，说是一个少年背着桦皮篓，带把小铲子，每天去冰面拾月光，把月光带到冰屋子里，当柴来烧。那时的我无论在城市还是乡村，都被月亮朗照着，所以写出了这样的童话。而如今身处之境越来越污浊，怕是这样的幻想，再不会在心中发芽了。

如果我们不能给下一代一个美丽星空，我们眼前的繁华，都将化为尘埃。

风雨总是那么的灿烂

我已经有五年多没有乘汽车在山间公路上旅行了。这次与弟弟陪母亲去漠河看望姥姥，一家人在选择出行工具上意见相左。弟弟坚持要找个友人的汽车，说是方便快捷；母亲呢，她说晕汽车，执意要乘火车。其实我心里清楚，五年前我爱人出的那场车祸，是她心中永久的隐痛，她憎恨汽车和公路，所以每当我外出要乘汽车时，她总是找种种借口予以阻止。其实汽车和公路是没有过错的，过错的是命运。

我说服了母亲，于是，中秋节后的第二天，我们乘汽车从塔河出发了。

从塔河到漠河，大约三百公里。三年前开通的水泥铺就的加漠公路，不像以前坑洼不平的沙石路那么难行，很好走。大兴安岭正值深秋，穿行在林海中，等于看一幅长轴的山水画卷。绿了一春一夏的树，终于熬黄了脸，在秋风中簌簌落着叶子。天气不好，初升的太阳露了一下头，一耸身就不见了，好像天庭里有什么要紧事等着它去，懒得照拂人间。乌云翻卷着，森林暗淡了，不久，落起雨了。阴郁的天气让母亲情绪低沉，车刚过绣峰，她就唤司机停车，顶着雨在路边呕吐。看着她被折腾得脸色灰黄，我非常后悔让她乘汽车出行。

按照原来的打算，我们到达漠河后，先顺路去观音山进香，然后再到北极村。出发前，家人往后备厢里装捎给亲戚们的熏鸡和烤鸭时，我曾说，载着它们去观音山，是对菩萨的不敬，不如到了北极村后再去。可母亲觉得路过观音山而不下车，是更大的不敬。母亲信奉佛教，每逢初一和十五，我和弟弟都陪着她吃素。去年开光于漠河的观音，没有殿堂的护卫，朝拜它，当然是晴朗的日子最好。可是我们所经之路，不是越来越明媚，而是越来越阴晦。车到蒙克山时，雨声激昂，溅在挡风玻璃上的雨滴，豆粒般大，它们把我的心击打得阵阵下沉。这满天的乌云，是没有开晴的迹象的，到了观音山，怎么烧香呢？森林里雨雾蒸腾，我们不得不放慢车速。母亲呕吐的频率越来越高，车到阿木尔时，她已经吐了十几回了。她哼唷着埋怨我们：我说坐火车吧，你们非让我坐汽车！她的声音是委屈的，无助的。我安慰她，回程时一定陪她乘火车，不让她受这份罪，她有气无力地应了一声。

乌云毕竟是乌云，不管它们多么来势汹汹，终要溃败。快到漠河的时候，雨小了，天色也明朗了一些。正午过了西林吉，我们很快就到了观音山下。母亲恹恹无力地对我们说，今天不去拜菩萨了，明天去。这也正合我的心意，我不愿意后备厢里的荤腥，玷污了佛门净土。

终于到了北极村，到了我的出生地。姥姥见到面色惨淡的母亲，心疼得直落泪。前年，姥姥轻微中风，一度不能起床。现在她拄着拐棍，能自如地行走了，可见恢复得不错。母亲见姥姥面色红润，精神矍铄，她的神色也开朗了，吃过饭就和姥姥偎在火炕上聊家常。看着六十多岁的母亲在八十多岁的姥姥面前像小孩子一样地乖，我心里忍不住想笑。

我们安稳地睡了一夜，可乌云却没有合眼，清晨起来，满天还是它们的阴影。吃过早饭，八点多钟，弟弟就张罗着去观音山。我担心中途下雨，劝他等天放晴了再走，可弟弟却满怀信心地说到了那里天就会晴了，好像他是个预言家。于是，我们上路了。汽车一驶出北极村，就遭遇山林间的大雾，我们打亮车灯，减速慢行。我埋怨弟弟出来早了，他一声不吭，眼里也现出担忧的神色。观音山离北极村只有三十多公里，真是奇怪，走出二十多公里后，雾气骤然疏朗了，天色也明朗了，接近观音山时，乌云迅疾地退去，等我们下车的时候，一场夺目的晴朗在天庭爆发了。天色变得湛蓝，厚厚的乌云化作了薄薄的白云，太阳激情四射地喷薄而出，朗照着山林。我们喜悦地走向观音的时候，晴天白日中，弟弟的鼻子竟淋上了一滴雨，看来他与佛是有缘的。

端坐于松林中的一体化三尊的汉白玉的观音圣像，是海南三亚南山海上一百零八米观音的原身像，十点八米高。大佛落成后，很多城市都想奉请观音原身像，但南山观音苑的信众最终还是选择了漠河。三亚在中国最南端，而漠河在中国最北端，观音南北相望，佛音万里相传，可谓吉祥如意。

这一体化三尊的观音圣像，头顶金轮，通体洁白，好像三支透明的蜡烛，为着需要光明的人而熊熊燃烧着。这三面观音，一面持箧，一面持莲，另一面持珠，神态庄严，仪态洒脱。当我们走到持莲观音面前时，东方的天际正有一片片云彩飞过，云与日交错的瞬间，白云幻化为一团连着一团的彩云，将圣像映照得一片金红。我们惊喜地叫道：“出佛光了！”母亲带着我们，俯地叩拜。

我去过一些名山古刹，也曾在幽幽梵音中进香，但心却脱不了迷茫。可是这屹立在北极的观音圣像，却让我无比地感动，无比地安宁。那仙乐一般飘来的彩云，恍如猩红的袈裟，将山河点染得一派绚丽。秋风变得柔软了，萧瑟的山林也变得暖意融融。能够栉风沐雨、披霜挂雪的观音，才能够真正体味人世的甘苦，普度众生。在极北漆黑的长夜里，它就是落在大地的明月；而在芬芳的白昼中，它就是拾取光明的宝盒。风雨雷电，它气定神凝；朝霞彩虹，它微笑如常。它是凝固了的时间，无始无终；它是浓缩了的宇宙，地久天长！

烧完香，我的眼前仍是一团一团的红，直到下山。回程的路上，天又阴了，雨滴落了下来。老天似乎只给了我们一个晴朗的瞬间，让我们体味佛法的无边。因为领略了最壮丽的风云，眼前的风雨，突然间变得灿烂起来。其实风雨也是上苍赐予我们的甘霖，它可以升华苦难、化解悲伤，教人以慈悲心对待尘世的荣辱。人生哪有一路的晴朗？波折起伏，最能修习心性；动荡颠簸，才会大彻大悟。

在北极村停留三天后，我们向回返了。我问母亲是否要乘火车，她神秘地笑着说，她再不会晕车了，欣然与我们同行。阳光热情奔放地在前方引路，车子开得很快，母亲竟然一点也没有晕车。她望着风景，不停地说说笑笑，与去的时候简直判若两人。我们顺利到达塔河后，我问她为什么状态这么好，她喜滋滋地说：“那还用说，都是观音菩萨保佑的！”

上个世纪的飞雪和溪流

去年深冬，在回故乡的慢行列车上，我遇见了两个老者。他们一胖一瘦，相对着坐在茶桌旁，一边喝酒，一边愉快地交谈。其中的一个说，四十多年前的一个夜晚，他驾着手推车，从山上拉烧柴回家，走到半程时，天飘起了雪花。雪越下越大，到了一个三岔路口时，他习惯地上了一条路。然而走了一会儿，他发现那路越走越生，于是掉转车头，又回到岔路口。雪花纷纷扬扬的，天又黑，他分辨不出南北东西了，于是凭着直觉，又踏上了一条路。可是他越走越心虚，因为那条路似乎也是陌生的，他害怕了，又一次回到岔路口，心想这么目的不明地乱走，不如停在原地，等待天明雪住了再说。怕夜里狼来袭击，他生起了一团火。深夜时，家人寻来了。他这才知道，他第一次踏上的路，是正确的。只不过因为雪太大，改变了路的风貌。那人说："谁能相信，我让雪花给迷了路呢！要是搁现在，可能吗？"他指着车窗外的森林说："看看，这雪一年比一年小，风一年比一年大，这还叫大兴安岭吗？"

透过车窗，我看见稀疏的林地上，覆盖着浅浅的积雪，枯黄的蒿草在风中舞动。而在雪大的年份，那些蒿草会被雪深深地埋住，你是看不到的。天虽然仍是蓝的，可因为雪少得可怜，那幅闪烁的冬景给人残破不堪的感觉。

而这样的景象，在大兴安岭，自新世纪以来，是越来越司空见惯了。

我想起童年在小山村的时候，每逢冬天来临，老天就会分派下一项活儿，等着我们小孩子来接收，那就是扫雪。那个年代的雪，真是恋人间啊！常常是三天一小场，十天一大场，很少碰到一个月没有雪的时候。雪会大到什么程度呢？有的时候，它闷着头下了一夜，清晨起来，你无法出去抱柴了，因为大雪封门了。这个时候，就得慢慢地推门，让它渐渐透出缝隙，直到能伸出笤帚，一点点地掘开雪，门才会咧开嘴，将满院子的白雪推进你的视野，有如献给你一个明朗的笑。门开了，我们赶紧穿上棉鞋，戴上围脖和手套，去院子中扫雪。先是扫出一条能容人通行的小路，然后把雪撮到大花筐里，放到爬犁上，一车车地运到自家的菜园里，堆起来，做肥料了。第二年春天，融化的雪水会滋润黑土，利于耕种。

因为雪造访得频繁，冬天时，那些爱串门的人，在踏进别人家的门槛时，第一件事就是跺脚，抖掉沾在鞋上的雪。因此，那儿的人家，在冬天时，爱在门口放一个毡垫。

那个年代，不光是雪多，溪流也是多的。夏天，我们常到山上玩，渴了，随时捧山间的溪水来喝。溪水清冽甘甜，带着草木的清香，我喝的这世上最好的水，就是大兴安岭的溪水。那时植被好，雨水丰沛，因而溪流纵横。女孩们夏天洗衣服，爱到溪水旁。省了挑水，可以洗个透彻。洗衣服的时候，蝴蝶和蜻蜓在你眼前飞来飞去的，它们的翅膀有时会温柔地触着你的脸；而溪水中呢，不仅浸泡着衣服，还浸泡着树和云的影子，好像它们嫌自己不干净，要你帮着洗一洗似的。洗完了衣服，我们往往会趁着太阳好，把衣服搭在溪畔的草地上。晾晒着的衣服紫白红黄都有，蜜蜂也许把金黄的衣服当成了大盘的向日葵，围着它嗡嗡地闹；而盘旋在红衣服上空的，往往是乌鸦，它们一定以为那是一大块鲜肉，想着大快朵颐。

大兴安岭的河流，到了冬天都封冻了。柔软的水遇到零下三四十摄氏度的严寒，哪有不僵的呢？可母亲告诉我，我们家在设计队住的时候，后山上有一道泉水，冬天是不冻的。她觉得这条泉神奇，于是常常去那儿接了泉水，挑回来给我们喝。

她常用劳苦功高的语气说："你聪明，就是喝那山泉喝的！"可我也有愚蠢的时候，便问她是否也曾让我喝过阴沟的水，母亲气呼呼地冲我翻白眼，叫着："没良心啊！"母亲说，我们后来搬家了，所以那道泉水在那座山上，究竟活了多少个冬天，她是不知道的。

冬天有冬天的样子，夏天有夏天的样子，风霜雨雪交替而来，那才叫好日子啊。雪灾、旱灾和火灾，那时真是少有啊。我还记得，有一年起了雷击火，父亲奉命去打火，他们到了山中，只是打了防火隔离带，守着它而已。火着到一定程度，自然灭了，父亲回家了，他带回了公家发放的压缩饼干，我们抢饼干吃的时候，竟然觉得打火是一件美妙的事情。

大兴安岭的开发，使林木资源日渐匮乏，小时候常见的参天大树，好像都被老天召走，做了另一个世界晚祷的蜡烛，难觅踪影了。而那如丰富的神经一样遍布大地的溪流，也悄然消逝了。好在政府实施了天然林保护工程，使受到摧残的林地有了复苏的机会。如今的大兴安岭，冬天少雪，夏季少雨，风天多了起来，火灾时有发生，在那儿工作的人，春秋两季的防火，成了一年中最重要的事情。我已故的爱人，对人是悲观的，他说只要人在，自然就会遭受破坏。他曾天真地对我说："大兴安岭全境人口不过五十多万人，我看不如把所有的人口都迁出去，异地安置，做到真正的封山。这样，政府也不用往这儿投一分钱，靠自然的力量，几十年后，树起来了，动物也起来了，中国会留下最好的一片原始森林。”大兴安岭的面积相当于一个法国，如果他的愿望实现的话，这不仅仅是中国人的福气，也是世界人的福气。可我知道，这样的想法，无论是在他生前还是死后，都是“天上的想法”。

我怀念上个世纪故乡的飞雪和溪流。我幻想着，有一天，它们还会在新世纪的曙光中，带着重回人间的喜悦，妖娆地起舞和歌唱。

奏捷之驿

四十年前，姐姐八岁，我五岁，弟弟三岁。母亲呢，只有二十七岁。那时的母亲在我们小镇人的眼里，是个不会过日子的女人。因为每隔一两年，她就要领着孩子，回娘家去。旅行在那个年代，费钱又费时。由于交通工具的单一、稀缺，加上路况和天气等因素所造成的车船的运营时间的不确定性，从我们小镇到外婆所在的漠河乡，虽然不过三百来公里的路程，可是一旦走起来，少则三四天，多则六七天，煞是曲折。做小学校长的父亲爱开玩笑，他将路途的艰难，算到地球身上去。说是人在一个球上走，这个球还转着，当然走着走着就要滑下来，哪能那么容易到老家呢。我一想蚂蚁有时在圆石头上爬，也有栽跟头的时候，便觉得父亲说得在理。

母亲大约不太放心英俊洒脱的父亲吧，她回娘家，总是带上两个孩子，留一个在家中。弟弟年幼无知，每次都要被带走，而我和姐姐呢，轮流在家。我们的角色，跟密探差不多。记得四十年前母亲回外婆家的那次，她出发的前夜，先是许诺回来时给我买件花衣裳，然后反复叮嘱我，让我晚上时跟着父亲，他去哪儿串门，我就去哪儿。我忠于职守，天一黑，父亲前脚出门，我后脚就跟上。我就像牧羊人一样，握着无形的鞭子，看着月亮升得高了，赶紧把父亲赶回老窝。这个时刻的父亲，只能乖顺地做我的羊。其实父亲对母亲是非常忠诚的，他每天总要念叨她几句，猜测母亲他们到没到，路上遇没遇见麻烦，到了又是怎样一番情形。由于我们小镇和漠河乡都不通电话电报，到的人无法报平安，所以这种牵肠挂肚的念叨，一直要持续到母亲风尘仆仆地返回。

从我们小镇去漠河乡，如果是夏天，通常是先坐长途客车，沿着坑坑洼洼的沙石路到三合站，然后再换乘轮船，逆水而上。如果是大轮船，到漠河乡的码头要航行三四天，小轮船呢，也得两三天。船长是一条船的皇帝，若是碰到性情随和而又富有浪漫情怀的人，除了规定的停靠站，中途若遇可人的风景了，比如说发现岸上有一片艳红的山丁子果，大家垂涎欲滴的，他就会让船停靠一刻，放下浮桥，让旅客下去采摘。当然，大多的船长是一丝不苟的。比如我六岁时跟着母亲和弟弟去外婆家，因为乘坐的大客车中途坏了，修车耗蚀了时间，客车到了三合站的码头时，船已开了。我们眼见着一条白轮船缓缓地离岸而去，母亲哭倒在沙滩上。因为这条船错过了，等下一趟，要三天以后。那一刻我恨那条船，为什么它就不能折回来接上我们呢？看来船不是风筝，说拉就能拉回来。我们滞留在一家大客店里，睡着分上下两层的光板通铺。这个意外无疑削弱了母亲并不丰裕的钱袋，她整天气咻咻的。我还记得她带了一罐豆腐乳，放在了上铺。住在下铺的我，常常趁母亲不备，小老鼠一样地爬上去，用手指头偷着抠腐乳吃。下一趟船终于等来了，那是我第一次乘船。由于船航行在中苏界河上，白天站在甲板上的时候，常能看见被我们称为“江兔子”的苏联巡逻艇在江面上突突地跑。艇上那些大鼻子的巡逻兵，喜欢摘下帽子，朝我们挥舞，像嬉皮士。我喜欢看自己船上的船员站在船尾用挂网打鱼，喜欢看环绕着轮船左右翻飞的雪白的江鸥。当然，我也爱看火烧云，它们把西边天镶嵌成了一张又宽又长的年画，那么的鲜艳、热闹。等到船终于停靠在漠河乡的码头，母亲向前来接船的亲人委屈地哭诉着这一路的艰辛时，我撇着嘴，心想有什么好哭的，在三合站等船的日子，过得多有意思啊。

冬天封江了，船停了，母亲归乡的路，只赖汽车轮子了。汽车不像轮船坚如钢铁，它的轮子是凡身肉胎，说坏就坏。轮胎一旦破了，汽车抛锚了，罪也就跟着来了。因为汽车行驶时散发着热量，车内虽然不很温暖，但不至于把人冻着。可它一停下来，如同一个人挺了尸，立刻变得冰凉，我们只得下车，在冰河上奔跑，以免被冻伤。而冰河时常有大面积的冰包出现，这时汽车只能绕道而行。如果绕不好，汽车轮子轧到了苏联疆域，麻烦就大了，双方还得照会。所以开客车的师傅，在拣好路走的时候，还得留意着边界。

即便这样，那些年，无论冬夏，都没有阻断母亲回娘家的路。大概我十三四岁的时候吧，铁路开始往漠河延伸，有了火车，汽车和轮船就面临着退役了。火车是森林小火车，只有一列，每小时五六十公里的速度吧。它虽然逢站必停，还常常晚点，但坐火车稳当便捷，母亲再回家，就选择火车了。

如今从我们小镇到漠河乡，不仅有新修起的光滑如镜的水泥路，还有提速的火车。以前三四天的路程，现在半天就走下来了。前年漠河又开通了机场，从北京飞往那里，三个小时就够了。你想饱览北极风光，不过是一盘棋的工夫。

我还记得读大兴安岭师范时，每逢寒暑假，因为县城的火车站离我们小镇还有十几公里的路程，而那儿又不通汽车，我在返校时，常常要搭生产队进城的马车。由于火车是夜间的，而我往往中午或下午就到火车站了，所以候车室里，常常只有我一个人。坐困了，我也不敢睡，怕万一进来坏人，把我的包给偷了。因为旅行包里，装着书本、炒面和咸菜。那个年代，它们都是我的宝贝啊。

父亲一九八六年冬季在故乡突发脑溢血，由于没有及时找到车辆，他被送到城里的医院时，耽搁了近三个小时，错过了最佳抢救时机，终遭不治，离世时年仅四十九岁。那条十几公里的坎坷的故乡路，在我眼里就像一把长长的尖刀，深深地刺痛了我的心。我总想，如果换作今天，父亲肯定能逃过劫难。因为现在从县城通往那里的车辆，不计其数。

前年我在翻阅大兴安岭地方志的时候，看到一段有趣的史料，清军第一次雅克萨自卫反击战胜利后，有三个兵丁从雅克萨出发，飞马奏捷。他们五月二十五日出发，穿越我故乡的莽莽林海，直达关内，六月六日在古北口外巡幸的康熙帝收到了此报。五千余里的路程仅用了十一天，堪称奇迹。此后，这条驿路就被称为“奏捷之驿”。我在想，十一天，五千里路，会留下多少湿漉漉的马蹄印呢？康熙帝大约不会想到，三百年后，这样的喜报，瞬息可闻。

但母亲还怀恋着她年轻时代的归乡路。去年冬天，她意外摔伤骨折，卧床养病的时候，有一天忽然惆怅地对我说，现在往漠河乡也不通船了，要不坐一趟船回去多好啊。我说乘船有什么好，跟牛车一样慢。母亲望着我，满怀忧伤地淡淡地回了句：风凉啊。

鼠儿戏“猫”

有一种动物会在暗夜中不请自来，溜进你的房宅大摇大摆地做客。有美味它绝不放过，饱食后常常遗落下一些黑贡米一样的屎，令你气愤而又无可奈何。若是没有美食，它们会把一些纸张或棉布咬成一堆雪花般的碎屑。它尾巴长长，门齿发达，靠着身体的灵巧和娇小而能令人浑然不觉地登堂入室，靠着一张锐利无比的嘴而吃遍四方。它就是老鼠。

说来令人汗颜，我幼时因在托儿所挠人而被阿姨送上一个绰号“老猫”，这绰号一直跟到我的初中时代才结束。既然为“猫”，对鼠应该是无所畏惧，然而我却偏偏怕鼠。看见它便哆里哆嗦，噤若寒蝉，头脑发木，看来自己是只假猫确定无疑。

我最早感知老鼠，是幼时在晚睡时听见它在纸篷簌簌跑过的声音。东北乡村赖以御寒的板夹泥小屋，顶篷一般都很矮，且都用纸糊成。先是糊几层厚厚的牛皮纸，然后再糊白纸或是报纸。糊彩纸的人家极少，因为它太贵了。而且一抬头发现彩纸上花团锦簇的，朴实的农人会以为自己侍候在园子中的花飞上了天，而显得魂不守舍。报纸和白纸的纸质比较低劣，再加上是用糨子糊的，而糨子是用面粉来打的，所以老鼠就很喜欢在纸篷上做文章。一旦熄了灯，屋子突然黑暗起来，老鼠就像是受到了什么指令似的准时行动，它们在纸篷上跑来跑去，就像过狂欢节一样，不时地制造出一些窸窸窣窣的声音。我在夏季时听到这种声音就不敢入睡，因为暴雨使年久失修的房屋漏雨，纸篷被积水洇透的地方已经破出了洞，我很担心得意忘形的老鼠会从纸洞中失足而落在我的被子上。这种设想常常使我大汗淋漓，这大约是最早的畏鼠情结了。

老鼠在乡间的繁殖能力极强，因为那里的生存环境良好。家家户户都有粮仓，因为没有楼房，每户的厨房都在平地上，使老鼠能够从容不迫地周游其间。尽管人们发明了鼠药，并且用各种铁质夹子在它们经常出没的地带“下绊”，但是葬命的老鼠还在少数。更多的老鼠是吃得毛色油光，满面幸福地繁衍后代。它们心安理得地糟蹋粮食，无所顾忌地把完好的木质家具嗑出疤痕。读过加缪《鼠疫》的人，大约都不会忘记那个海滨小城奥兰。老鼠突如其来地控制了小城，它们广泛传播着疫情，左右着人们的生死、爱情、善恶，把人间变成地狱。这个时候的老鼠就不仅仅是在纸篷上恶作剧般窜来窜去的小动物了，它们仿佛成了魔鬼的代言人，肆意践踏我们经过世代努力建立起来的平和、安静的生活。而我们对此往往束手无策、坐以待毙。这种时刻，我们自以为坚不可摧的生活秩序就像窗纸一样不堪一击，一捅即破。这不能不使我们对人人喊打的老鼠刮目相看，因为它们不总是处于被动的位置，当它们反戈一击时，人类是躲避不了倾盆而下的苦难之水的。

一九八一年，我高考的前夕，记得是初春的一个早晨，我在塔河二中的集体宿舍起床后叠被子，意外地发现被窝里裹着一只死老鼠。宿舍里老鼠泛滥，它们常常在夜半时在我们放剩饭的地方窜来窜去，对此我们习以为常，夜夜伴着鼠声入睡。然而它钻入人的被窝尚属首例，当时吓得我大惊失色，觉得自己的床铺成了坟墓，散发着一种令人作呕的尸臭气。看来老鼠是在深夜时溜进我的被窝的，它肯定是被我翻身时压死的。只是不知它一进被窝即被我压死，还是绕着我的周身搜寻了个尽兴才被我压死的，显然后者的可能性更大一些。于是我便觉得皮肤上沾满了病菌，好像泡在澡盆中三天三夜也洗刷不掉那种秽气。想必那夜老鼠实在没什么可吃的了，于是把我当成“奶油蛋糕”钻进我的被窝，没承想我在沉睡时“猫威大发”，使它毙命。也许是因为有一鼠命案加身，从此之后我越发畏惧老鼠。

在哈尔滨生活了六年，再没有在任何场所见过老鼠，这使我在潜意识中，认为我生活在一个比新加坡还要洁净的城市。其实错了，只不过我没有涉足它们所习惯生活的角落而已，这是我这几年外出得出的结论。

外出时总要住旅馆。去张家界时，夜宿天子山，住的还是星级宾馆，然而老鼠竟敢在众目睽睽之下在地毯上游来荡去。我们还开着灯聊天，它们就急不可耐地出行了。张家界的老鼠棕色，个头大，可称为“硕鼠”。吓得我和同室的女友不敢关灯入睡，想它们在光天化日之下就敢周游列国，灯光熄灭后还不知怎样嚣张呢？万一这种老鼠爬进被窝，不把我的胆吓破才怪呢。于是就战战兢兢地难以入眠，第二天因为休息不好而恹恹无力，对着良辰美景呵欠连天。

精明能干的广东人几乎成了商人的代名词。未去广东前，听说那里的人吃老鼠，心想自己在餐桌上对着荤菜一定要格外“盘查”。广东还有一道尽人皆知的名菜——龙虎斗，“龙”为蛇，“虎”为猫。虽然自己是只假猫，但也要捍卫伪同类的尊严，绝不食猫肉。从广州到了茂名，住进沿海的渔村宾馆里，每天以食海鲜为主，所以就放松了警惕。过了几天我们一行人搬到另一处山庄别墅入住，当夜好客而有钱的庄主盛筵款待我们。第一道上的自然是汤，汤熬成白色，散发着一股浓香味。我问小姐，这是什么汤？上菜的小姐笑容可掬地答是蛇汤。于是我便放心大胆地喝得咝咝有声。汤很鲜美，因为较少喝到蛇汤，所以早已忘了以前喝过的蛇汤的滋味。但同桌有常饮蛇汤的人，他皱着眉头说绝对不是纯正的蛇汤。再问小姐，小姐坦言里面有猫肉。这下气得我差点昏厥过去，我稀里糊涂就做了“同根相煎”的罪人，自己身上那点可怜的“猫”气更加荡然无存了。所以随之有个细雨霏霏的傍晚我在眺望湖水时，从石桥上爬过来一只大老鼠，便把我吓得魂飞魄散。我从未见过那么大的老鼠，大约有一只一岁的猫那么大，它威风凛凛地在暮色的冷雨中通过石桥，朝房屋跑去。中国最大的老鼠，肯定是生长在广东吧。这种老鼠若是潜入人的被窝，足以叫人汗毛直立而痛不欲生了。事后我与同行者半开玩笑说，我很不理解东北人长得五大三粗的，可那里的老鼠却如此瘦小；而广东人又矮又瘦，但老鼠却体态丰盈而舒展。

去神农架途经武汉时，我在宾馆又一次与老鼠相逢。有天早晨我起床后去喊楼上的女作家方方和蒋子丹一同吃饭，才走上她们所住的楼层，就见走廊的红地毯上突然跑过去一只老鼠！它竟然通体白色，样子极像幽灵。我吓得拔腿就跑，一直跑到楼下的大厅里仍然惊魂未定。东道主问我方方和蒋子丹呢，我说我刚要去叫她们，就被一只老鼠给吓回来了，于是大家都笑。我不知道武汉的老鼠是否都假扮新娘而披着婚纱通体白色，也许是由于生长在白浪滔天的长江边的缘故？

不久前与方方在北京又与老鼠不期而遇。不过这次是“只闻其声，未见其人”。老鼠在夜晚时咬啮东西的声音格外响亮。它在窗口那一侧作案，而我的床靠近那一侧。我把在被窝中曾压死老鼠的事对方方讲了，希望获得同情而与我调换床位。不料方方一本正经地说：“你都压死过一次老鼠了，再压一次就是了。”气得我真想和她绝交。

因为老鼠的缘故，我住宾馆最怕住一楼。一九九一年我去日本访问，有两天必须睡在榻榻米上，虽然觉得很诗情画意，但因为怕老鼠袭击，所以难以入眠。所幸我没有在异邦看到老鼠。

苏东坡曾有一篇写鼠的文章，名为《黠鼠赋》。说他有个夜晚正坐着，忽听老鼠咬东西的声音，就叫书童用蜡烛去照看，原来是一只空袋子，声音正是从中发出的。书童说，老鼠被关进袋子里出不来了。于是解开袋子，打开来一看，竟是一只死老鼠！书童很惊讶，它刚才还在咬东西，怎么突然就死了呢？于是将袋子翻过来倒出死老鼠，岂料它是“装死”，一落地就逃走了。于是苏东坡感叹道：“是鼠之黠也。闭于橐中，橐坚而不可穴也。故不啮而啮，以声致人；不死而死，以形求脱也。”

若老鼠都有如此高的智慧，我们不妨与它们深入交往。可惜我没有这份勇气。想想它们就在这个世界的各个角落自由地呼吸着，我就有种不寒而栗的感觉。如果它们继续泛滥下去，那么它们对人类的威胁肯定不亚于核武器。因为人支配得了核武器，却无法左右老鼠传播疫情。我知道当我期待它们灭绝的时候，它们却在为我们的健康而祝福。因为只有人类收获的丰富的粮食和遗下的甘美的垃圾，才给它们世代延续的生命提供了有效的保障。它们将尾随着人类，永生永世。

火炉闲话

我是在冰天雪地的环境中依偎着火炉长大的人。

我对火炉的印象向来是温暖的、亲切的、诗意的。外面狂风呼叫，大雪纷飞，黯淡的室内却有一个勃勃燃烧着的火炉，你看着炉内暗红的火炭和橘黄色的火焰，会感觉到上帝正在始终如一地关怀你。

我曾在火炉上烤过土豆吃，也曾在它旁边将冻僵的双手伸过去取暖。火炉几乎成了北方每一个家庭的守护神。人们围着火炉喝茶、嗑瓜子、说故事，男人女人的眼神都是那么平静而柔和。

我最喜欢的叶芝的那首《当你老了》的诗中，就有有关火炉的情节：

当你老了，头白了，
睡思昏沉，炉火旁打盹，
请取下这部诗歌，
慢慢读，
回想你昔日眼神的柔和
……

这是多么美的意境，一个头发花白的老人在炉火旁打盹，然后回想他的青春、爱情、幸福，炉火将同回忆一起缓缓燃烧着……

这是典型的生活在雪景旖旎的北欧国度的人，才能写出的诗句。只有一个充分领略到寒风和大雪的人，才会对炉火有着难以言传的依恋和崇敬之感。

火炉在我的心中不啻为一座圣殿，一个神话。

这是只有北方人才会有的情愫。

南方人对火炉的认识大概就是一个“热”字了。全国有几大夏季炎热的城市就被冠以“火炉”的名称。南京当仁不让居首位。我在一九九四年的七月曾领教了那里的酷暑难当的滋味。住在南京的宾馆里还觉得很舒服，因为整幢楼空调设备齐全。然而一出宾馆，就有一种头晕目眩的感觉。那是一种使人窒息的热，仿佛全世界最毒辣的阳光都汇聚到南京了。阳光密集地火力十足地照着马路，我感觉脚底发烫，真仿佛是赴汤蹈火。在哈尔滨时戴着一顶可以遮阳的宽檐大草帽，到了南京简直就不堪一击，因为阳光死死地缠住你，无孔不入，它们合力制造出的热浪使人虚汗淋漓，气喘吁吁。我到街上买水果时，遇见那些在炎炎烈日下神态怡然做生意的人，不禁颇为疑惑。他们怎么这么抗热？也许因为他们生来就被这种热包围，习惯了。

而我在南京街头却垂头丧气、蔫头蔫脑地像是被人欺负了。我是被南京上空的那块天给欺负了。南京在盛夏真跟个烧旺着火的炉子一样，我老觉得皮肤有一种被烫伤的感觉。

我不怕寒冷，零下三四十摄氏度都毫不畏惧，南京人听到怕要咋舌。而我在南京却怕热怕得要死，这也许也会令他们咋舌。

南京被称为“火炉”，说明南方人心中的火炉与北方人心中的并不一样。若让叶芝起死回生到南京走一遭，他怕是不会让那主人公在炉火旁打盹了……

然而我依然爱着北方的火炉。爱着雪中的火炉。至于南京这只大火炉，我权且把它当成《西游记》里的炼丹炉，只有火眼金睛的孙悟空，才能在里面手舞足蹈。作为凡身肉胎，我对它敬而远之。

在南京的一天夜里，我与一位好友在玄武湖边闲坐，对面的亭台楼阁将点点灯火投映在湖面上，使湖水看上去很美。湖畔的草地上有许多对情人相依相偎，喁喁私语。那么热的天气，人们还能拥抱在一起，这使我大为惊讶。

在冰天雪地的哈尔滨的松花江畔走上一圈，你不难发现一对对相拥的恋人，而在七月炎夏的南京我也见到了相同的情景。这使我明白火炉在有情者心中有两种功能：它既能升温，也能降温。北方情人感觉到了温暖，南方情人却体味出了凉爽，如同爱情一样，既热烈如火又清冽如甘泉。如此说来，火炉是值得人们永久怀念的了。

鹤之舞

齐齐哈尔旧名“卜奎”，是古黄金驿站的起点，位于松嫩平原西南部，沃野千里，水草丰美，曾是黑龙江省的省会。

我去过齐齐哈尔两次，不过途经它，却有七八十次了吧。往返于故乡与哈尔滨之间，它是必经之地，所以在我心目中，它是黑龙江的“山海关”。出了齐齐哈尔，向北，景致是苍茫的，就连风也是硬朗的；可是由齐齐哈尔往南，却是步步温暖，越走越明媚。

比起中原的城市，齐齐哈尔的历史并不算长。三百多年前吧，清政府派吉林水师驻扎齐齐哈尔，使它人烟渐起。伪满时，马占山率部抗日的江桥保卫战，就发生在这里。新中国成立后，它是国家重要的工业基地，著名的第一重型机械厂，第一、第二机床厂，齐齐哈尔车辆厂以及国内三大军工生产企业，都在这里。可以说，齐齐哈尔是新中国建设的巨人。

不要以为，这座盛产钢铁的城市，面目冷峻，气质威严，其实它清丽脱俗，有着一颗柔软的心。齐齐哈尔境内有嫩江、诺敏河、雅鲁河、罕达罕河、乌裕尔河等一百七十多条河流，此外，大大小小的湖泊和水泡子也有八百多个，以渔猎为生的达斡尔族，就休养生息在这里。在达斡尔语中，“齐齐哈尔”就是“天然牧场”的意思，而这座北方的城市，也确实像一个辽阔的牧场。

如今的齐齐哈尔，最为世人所知的，就是扎龙湿地自然保护区，那儿是鸟类的天堂，著名的丹顶鹤就栖息在那里，所以齐齐哈尔也称“鹤城”。

这个保护区距齐齐哈尔二十多公里，占地约四万平方公里。每年四五月份，万物复苏时，那些去南方越冬的珍禽，天鹅、白鹭、白鹤等，就会团团簇簇地聚集在一起，挟着浩荡的春风，千里迢迢地飞回北方。它们大概嫌北方湿地的野花开得不够硕大，特意以它们如花的姿态，翩翩落在碧草中，为北方的原野增色。在这些候鸟中，最引人瞩目的是鹤。全世界的十五种鹤中，扎龙就占有六种：丹顶鹤、白头鹤、白枕鹤、蓑羽鹤、白鹤和灰鹤。其中的丹顶鹤被称为“仙鹤”，尤为人喜爱。

鹤是最美丽的鸟，它头小颈长，双腿修长，是鸟类的“芭蕾天使”，飞起来姿态优雅，落地时轻盈无声。鹤的寿命大抵可以与人类相当，所以它们所感受的世间荣辱与兴衰，与我们一样，它们也因此成了最具沧桑感的鸟。去年，我看了一部关于扎龙自然保护区的专题片，其中的一只丹顶鹤，因为失去了伴侣，在水畔孤寂地立着，时不时迎风展开翅膀，哀鸣不止。丹顶鹤对爱情格外忠贞，一只鹤去了，另一只绝不再寻觅伴侣。看着那只形单影只、满怀忧伤的丹顶鹤，我的眼泪哗地一下流了下来。

十多年前吧，夏天的时候，我从大兴安岭出发，经过一夜的旅行，将至齐齐哈尔时，看到了一幅惊心动魄的画面。那时太阳刚刚出来，窗外，是大平原清新湿润的早晨。忽然，一片茂密的绿草丛中，一只白鹤翩然升起，从半空掠过。平原因为有了日出，已经够绚丽的了，可它还嫌不够，又为平原奉献了一场日出。它身披霞光，头顶朝露，飘飘洒洒的，精灵似的飞翔，照亮了满车疲惫的旅人。这场不期而至的“日出”，让我明白，它才是大平原的主人，而我们，不过是匆匆过客。

萨尔图落日

十九世纪末，随着中东铁路的修建，萨尔图站出现了。萨尔图，是蒙古语，“有月亮的地方”之意。在此之前，萨尔图只是清朝蒙旗杜尔伯特的游猎地，没有定居的村落，这一带也就成了一片未被开垦的处女地。所以从某种意义来说，铁路是这片荒原的铧犁。

萨尔图，就是大庆的前身。如今，它是大庆最大的一个区。如果你是外地人，来大庆旅行，听到同乘的旅客说，快到萨尔图了，你完全可以收拾行囊，做下车的准备了。这个老地名，在这一带人的心目中，根深蒂固。看来沾染了日月精气的名字，永不陨落。

大庆名字的由来，相信共和国成立后出生的人都会知道的。一九五五年，松辽石油勘探局在安达一带进行石油资源的勘探，发现油田，开始了开采。一九五九年九月，共和国十周年庆典前夕，钻井喷油了，因而这个新兴的石油城就被命名为“大庆”市。铁人王进喜的故事，也由此家喻户晓。

从“工业学大庆，农业学大寨”的口号中，我们可以知道那个年代的大庆是风光无限的，来大庆取经的人络绎不绝。石油是重要的资源，被称为“液体黄金”，可以说，是大庆为新中国前行的马达，注入了最强劲的动力。从这个意义来说，这是一座可以彪炳青史的城市。

当你接近大庆的时候，最显著的特征，就是可以看见竖立在油田上的那一棵棵“采油树”，工人们叫它“磕头机”，因为它循环往复地顿着头。它这姿态，很像哲学家，不断地向大地发出诘问。

石油的重要性，我们从两伊战争、从美国对伊拉克的战争中可以清晰地看到。为了占有石油，近两年，一些发达国家甚至把触角伸向了南极，据说那儿的石油储量相当可观。石油是不可再生的资源，所以从二〇〇二年开始，国家对大庆石油的开采量开始调减，这也使大庆正经历着一个艰难的转型期。不过，大庆除了石油之外，还有丰富的天然气。他们的经济，因为得天独厚的资源优势，仍然处在前列。

大庆的城市建设比较“大手笔”，马路宽，广场多，房屋之间的间距大。在那儿，很少会看到其他城市常有的塞车情形。所以来到大庆，你会觉得天高地阔，没有压迫感。

我去大庆的次数较多，是因为公公曾住在那儿。我和爱人常常会在假日时聚在一起，从哈尔滨出发，去看望老人。哈尔滨到大庆区之间运行的列车较多，我们通常是下午去，住一夜后，第二天傍晚再返回。所以来去的路上，常常会看到落日的情景。北方荒原的落日，无论冬夏，总是带着股凌厉的气势，它沉沦的时候，不是蔫头蔫脑、无精打采的，它大概知道那是它在人间最后的舞蹈了，所以把通身的光华都爆发出来了，落得朝气蓬勃、激昂澎湃的，带着一股豪情，欣然与黑暗赴约！通常是，它那金灿灿的光芒穿透了列车的玻璃，让车厢里流光溢彩。我们沐浴着暖融融的夕照，就仿佛泡在蜜中一样。六年前，公公在大庆去世，我和爱人一起送走了老人家。而仅仅过了两个多月，我又在故乡，永久地送走了爱人。从此后，荒原上的落日，就深深地埋藏在了我心底。那不朽的落日，宛如熊熊燃烧的火炬，照亮了我最美的岁月。

水墨丹青哈尔滨

没来过哈尔滨的朋友，征询我什么季节来这里好时，我总是回答：冬天！

是啊，哈尔滨号称“冰城”，如果不看银装素裹的她，那等于没有见到这位佳人最美的一面，令人遗憾。

关于“哈尔滨”地名的由来，存在着多种说法。有人说这是由满语“晒渔网”衍生而来的，还有人说是蒙语“平地”之意。而俄国人认为，“哈尔滨”是通古斯语，指“渡口”。

不管哪一种说法，都可以看出，哈尔滨最初的人间烟火，是游猎民族生起的。这样的烟火，野性，蓬勃，妖娆，生生不息！

如果让我给哈尔滨这张名片打上几个关键词的话，我会写：冰雪、教堂、步行街、啤酒、列巴红肠。

在中国，最适宜过圣诞节的城市，莫过于哈尔滨。十二月下旬，通常是这里雪下得最大的时候。此时，太阳岛的冰雪博览会开幕在即，冬泳比赛如火如荼。你来到哈尔滨，一定要记得穿上羽绒服，这样，才能抵御零下二三十摄氏度的严寒。夜晚的冰雪大世界灯火璀璨，晶莹剔透的冰墙与飞旋的光束，构筑了一个人间的水晶世界。当你在黑夜里，乘着雪爬犁在冰道上飞驰时，看着眼前摇曳的五彩光影，会有在天宫的逍遥感。玩久了，如果你不胜严寒，牙齿打战，手足发木，完全可以在雪地上，和着热烈的音乐节拍，跳起欢快的舞蹈。当然，你也可以推开江北那些裹着毛毡的小酒店的门，与三两朋友，要上一壶烧酒、一盆热气腾腾的酸菜白肉，温润肺腑，畅叙友情。

有着百年历史的中央大街，是条步行街，由花岗石铺就，大约三里长。虽然在商业成为霸主的那几年，街两侧的一些老建筑死于非命，但保存下来的欧式建筑，还是很多。所以有人说，走在中央大街，其实就是行走在建筑艺术博物馆里。在这条街上，你可以看见老的松浦洋行，它是这条街上巴洛克风格的标志性建筑；而声名远播的马迭尔旅馆，张扬的则是新艺术运动的精神，简洁流畅，典雅灵动。如今的妇女儿童用品商店，是旧时的协和银行，从它身上，你可以体味文艺复兴时期的建筑风格。你在这条街上走累了，冬天的时候，可以到华梅西餐店和马迭尔旅馆要上一杯热咖啡，舒缓筋骨；夏季时，则可以在街角的露天食肆买上一瓶冰镇啤酒，痛饮一番。哈尔滨啤酒，清冽，回味绵长，是盛夏时节哈尔滨人不可或缺的“甘霖”。

哈尔滨的教堂很多，最著名的，是位于透笼街的圣·索菲亚大教堂，此外还有东大直街上的圣母守护教堂、尼埃拉依教堂，以及士课街的天主教堂。这些教堂宛如一盏盏神灯，照耀着尘世中疲惫的旅人。

除了冬天，凉爽宜人的哈尔滨之夏也是迷人的。这时节，很多人家都喜欢在周末时去太阳岛野餐。秋林公司俄式风味的列巴红肠，是野餐必带的食品。列巴，也就是大面包，是用啤酒花做酵母，用白桦木熏烤的，外焦里嫩。而力道斯红肠，肥而不腻，是下酒的好菜。

当然，历史上，哈尔滨也有其沉重惨烈的一面。参观一下东北烈士纪念馆和位于平房的七三一细菌部队遗址，会帮你重温这片土地曾有的壮怀激烈的抗日情怀，以及漫漫长夜中的血雨腥风。你也许会明白，为什么这片土地的夕阳，会浓烈如血。

哈尔滨的四时风景，不管怎样变幻，总有着抹不去的清丽，脱不去的庄严！我总觉得，白山黑水间的它，无论在哪个季节，呈现给世人的，都是一幅幅耐人寻味的水墨丹青画。它不以浓艳和华丽吸引人的眼球，而是以经久的淡雅和素朴示人。这样的美，恰如飞雪，满目灿烂，永不凋零！

水袖烟波

一个缺树少水的城市，不管它装扮得多么五光十色，也是没有精气神儿的。

长春虽然没有大江大河环绕着，但它拥有两块宜人的水域：南湖和净月潭。它们就像一双飘逸的水袖，在舞动的一刻，一只弯在了心脏部位，散发着清辉；另一只则跃过肩头，像一道闪电，飘向远方。

对于在山里长大的我来说，进入城市最大的苦楚，是嗅不到树木的清香气了。城市也不是没有树，人行道上、公园里，总会看到它们的影子。由于被高楼压迫着，被浓重的汽车尾气熏染着，被蜂拥的人流簇拥着，不管多么高大的树，看上去都显得孱弱；而且树的气色也不好，叶片通常是萎黄寡绿的，给人病病恙恙的感觉。

可是，长春这两只水袖中掩映的树，却是郁郁葱葱、蓬蓬勃勃的。究其原因，大约是这座城市绿化好，树多了，联合抵御外部环境的能力便也增强了。还有，长春人怜惜树，我注意到闹市区的商铺前，没有店家欺树，在它身上张贴广告，或是将消夏的凉棚搭在它身上，使它能在天地间自由地生长。

我去过三次长春，每次都要到南湖公园走走。这座居于市中心，对老百姓免费开放的公园，是市民散步和休憩的好地方。一个人若是起了烦恼，不消走多远，就可以看见湖面上旖旎的晨光，看到落枝于湖畔垂柳上的夜鸟，你的心境就会渐渐平复起来。我注意到，与前几年不同的是，南湖公园多了一道风景，就是遛狗的人多了。而公园的小路上，却看不到我在哈尔滨居住的小区花园里随处可见的狗屎，说明长春的市民是有社会公德感的。爱犬遗矢了，主人把它及时清理掉了。

长春的一只水袖荡在了南湖，而另一只妖娆的水袖呢，甩在了十八公里外的净月潭。我喜爱的山名，都在天府之国，一个是峨眉山，一个是青城山。最爱的水名呢，是西湖。真是奇怪，东湖和南湖，与西湖比起来，就是少了些韵味。除了西湖，云南的水名与它的风光一样是美不胜收的，如泸沽湖、洱海、蝴蝶泉、抚仙湖等。在东北，我心目中最佳的山名是长白山，最美的水名呢，就是镜泊湖和净月潭了。

净月潭兴建于二十世纪三十年代，为解决城市用水问题，当局截断了伊通河的支流，修建了一座大坝，在三座山间蓄水，让积水与自然的泉眼相汇合，形成一个人工湖。这个湖比市区的南湖足足大上四倍，有四百多万平方米。为了保护水源地，环湖大量植树，使这里拥有了八千多公顷的森林。在城市里少见的红松和樟子松，在这里随处可见。林木之茂盛，植被之丰富，让我联想起童年的大兴安岭。在林荫路上徜徉，看着有着半个世纪树龄的大树，听着阵阵鸟鸣，你有置身原始森林的感觉。微风起来了，它先是做了乐师，谱写了动人的松涛声，接着又化作了香水师，把樟子松树身上好闻的松脂气播撒开来。

在松林间走了一程后，我们来到一个小码头，登上一艘艘小船，游览净月潭。机动船形如梭子，两丈来长，可容四五人坐。但见其他小艇的同伴都穿上了橘黄色的救生衣，纷纷离了岸，可我们搭乘的那艘小艇却因为没有配备救生衣，落在最后。开船的是个十七八岁的小伙子，他正处在天不怕地不怕的年华，哪甘其后，把船开得飞快。可是没容他畅快五分钟，汽艇突然一个趔趄停了下来，原来油门短路了。因为没穿救生衣，我又不会游泳，再加上汽艇骤停时剧烈颠簸，左摇右摆，感觉水就要漫进汽艇，我惊叫起来。同船的舒婷还有心思与我开玩笑，说是落水后她可以救我，我的长头发好抓。油路畅通后，小艇奔向彼岸，我才懂得，在水路抛锚，是多么的可怕！净月潭在那一刻，好像正表演着悲剧的唱段，因而水袖颤动，抖个不休。而一座人工湖，能如此烟波浩渺，给游人以惊险，说明它造化深，气象万千，这样的潭，便有点得道成仙的意味了。

我羡慕长春有这样两条云卷云舒的水袖。虽然它们都不是天然的，却给人浑然天成的美感！它们的存在，也为现代都城提供了再造自然的典范。

净月潭这名字，按照我的解释，是洗濯月亮的潭。试想，一潭能除掉月亮浮尘的水，又怎能不给风尘仆仆的旅人带来别样的清凉呢！

紫气中的烟火

房子跟人一样，老了也会生皱纹。而历史往往就掩藏在那一幢幢老房子的褶皱里。

能够留存下来的老房子，大抵都是有着不凡身世的。要么是王公贵族、达官显要的宫殿和城堡，要么是富甲天下的阔商的豪宅大院，古今中外莫不如此。所以建筑史上的杰作，往往与权力和金钱是分不开的。宫殿上那些经过了千百年风雨，仍然无比灿烂的琉璃瓦，与被岁月风雨侵蚀后大批大批倒塌或歪斜了的民居，形成了鲜明的对照。民居虽然温暖、朴拙，但它身上泥土的成分太多，等于是肉做成的，摧折也快。而宫殿的一砖一瓦、一石一木，都是由工匠们精心烧制、打磨和挑选的，耐用性强，所以说宫殿是由骨头筑就的。

我不喜欢阳光，而喜欢雨。阳光是人的铺路石，而雨是人的绊脚石。雨一来，街市中的人气就寥落了。这时候最适宜到老房子游览。

我在一个微雨的夏日午后走进沈阳故宫。雨丝时有时无，太阳若隐若现着。被忽明忽暗的天色和薄雾笼罩着的故宫，有点海市蜃楼的意味。

游人果然因为雨丝的落脚，少之又少。一座远离了人语的宫殿，就是一本干干净净打开的大书，可以激发人凭吊的情怀。

沈阳故宫也被称作“盛京皇宫”，它是清太祖努尔哈赤在天命十年（1625）开始修建的宫殿，可惜他在定都沈阳后的第二年就晏驾归西了，留下的未完成的建筑，是由他的第八个儿子皇太极建造的。皇太极继承汗位后，于一六三六年在此登极称帝，改国名为“大清”，所以这里也可称是大清的奠基地。

我最先进入的是那些偏殿，它们大都是侍奉皇族的那些下人的居所。一座座灰色的小屋子看上去乌蒙蒙的，是那么的清冷，让我仿佛听到了夜半时分寂寥的梆声。

大正殿是努尔哈赤时代建立的宫殿，远远望去，它很像公园里那些随处可见的八角亭。不过走到近前，当你的目光与南门两侧柱子上盘踞着的两条栩栩如生的金龙相遇时，还是明白它终归不是寻常百姓可以驻足的亭子，仍然带着股帝王君临天下的霸气。尤其是大正殿的古色斑斓的天花彩绘，那“万福万寿万禄万喜”的篆书汉文与含有吉祥意味的梵文以及龙凤图案交相辉映，让人顿时嗅到了二百五十多年前的宫内的繁华气息。大正殿是处理政务、颁布诏书、召见大臣之地，充满了政治色彩，这样的殿堂在我眼里缺乏人间烟火的气息，所以在它面前站站脚就走开了。

沈阳故宫中，最让我动心的就是后宫，它其实就是皇太极的家。沿着石级向上，穿过高高的凤凰楼的楼阁，迎面即见皇太极和皇后的居所——清宁宫。

清宁宫的两侧是六座配宫，其中有四座是皇妃的寝宫。东侧靠北的是关雎宫，靠南的为衍庆宫。西侧靠北的是麟趾宫，靠南的则是永福宫。这四座宫中的皇妃都来自蒙古部落，其中宸妃和庄妃两姐妹尤为著名。

在这些建筑中，除了殿顶的琉璃瓦和檐下的彩绘呈现出别样的绚丽，居所里面却是布局简单：粗粝的锅灶、宽大的万字炕、古朴的屏风，看上去庄重朴素，体现了满族人传统的生活习俗。如果说正中的清宁宫是一个敦厚男人的健壮的身躯的话，那么左右对称着的皇妃寝宫就是这个男人张开的宽厚的双臂。他揽入怀中的，正是与他的生命息息相关的女人。

历史上没有哪个皇帝能像清太宗皇太极那样，身上既有英雄的传奇，又有爱情的传奇。

宸妃和庄妃这对姐妹是皇后哲哲的亲侄女，她们先后成为皇太极的皇妃。在这些人中，最受皇太极宠幸的，是关雎宫的宸妃海兰珠。海兰珠入宫的时候，她的妹妹庄妃已经跟着皇太极近十年了。皇太极对海兰珠无比钟情，所以后人喜欢用“后来者居上”来评价海兰珠。当宸妃生下皇子后，皇太极喜不自禁，大赦天下。然而好景不长，皇子出生后没有几个月就夭折了。宸妃受到打击，几年后终于一病不起，撒手离去。皇太极抚尸恸哭宸妃的佳话，可谓广为流传。

除了宸妃和庄妃，衍庆宫和麟趾宫中的两位皇妃也值得一提，她们是蒙古察哈尔部首领林丹汗的妻子。林丹汗是成吉思汗的后裔，被皇太极打败，逃至青海，郁郁而终。林丹汗死后，可谓是众叛亲离，他的两个妻子先后归顺了皇太极，改嫁于他。这在当代来说都是“有辱门风”的事情，皇太极却默然接受了，这完全是出于社稷江山的考虑。看来即使是一个皇帝，他也不能完全爱自己之所爱。

爱妃海兰珠的离去，使皇太极忧思沉沉，一年多以后，他端坐在清宁宫里，猝然倒下。我想他最后看到的情景，一定是关雎宫冷落的门庭。

皇太极走后，庄妃与皇太极所生的皇九子、六岁的福临即位，庄妃为了辅佐年幼的顺治皇帝可谓殚精竭虑。清入关以后，都城迁至紫禁城。顺治帝二十四岁早逝，庄妃又开始辅佐她的孙儿玄烨，也就是日后开创了太平盛世的康熙大帝。所以庄妃的一生，跟皇太极一样，充满了传奇色彩。宸妃领受了皇太极最深厚的爱，但她像露水一样一闪即逝了。而被爱所冷落的庄妃，却在日后使两个皇帝成就了霸业。流连在永福宫里，我似乎能感受到年轻的庄妃的气息，她的气息是沉凝的，她的叹息也一定是浑厚的。

我在清宁宫的后面，看到了宫中保存下来的唯一的一座烟囱。它底阔顶尖，笔直向上。二百多年前，清宁宫中的烟火就是从这里袅袅漫出的。先前我曾在宫里见过乾隆御书的“紫气东来”匾，我想真正的紫气就是从这座烟囱中升起的烟火，它虽然消散了，但在它的周围，后世的人间烟火，却仍然丝丝缕缕、团团簇簇地升起来，生生不息！

我听见了雨滴从那皱纹重重的清宁宫的飞檐下滑落的声音，那么的曼妙，带着股旧时代迷离的音色，仿佛在为已逝的烟火，声声唱着挽歌。

听
时光
飞舞

一个独行者，才能体
味到黄沙鞭打心灵的
那种疼痛和温暖。

听时光飞舞

去年中秋节我若拥有霓裳羽衣就好了，我也许会在清幽的丽江古城里被千年以前的帝王之魂引入九霄轻歌曼舞。因为在那个月夜，我看见了千年前的古泉依然淙淙流淌，千年前的古乐依然在雪山脚下回旋。在一个烛光摇曳、微风轻拂的时刻，我的双眼突然蒙上了泪水，因为我听见了时光飞舞的声音，在这种声音中，已逝世纪的宫殿、回廊、车马、银器、帝王、身着丝绸高绾发髻的女人突然纷至沓来。我触摸到了先人们勃勃跳动的脉搏。

到达丽江时已是黄昏，从车上便遥遥望见了屹立于古城北的玉龙雪山。它巍峨挺拔，山顶终年被积雪覆盖，至今尚未被人类征服。我对人类从未征服过的山总是心生无限的崇敬，因为它瓦解了人类自以为战无不胜的意志，让人类明白挑战是有极限的。它的主峰“扇子陡”海拔五千五百九十六米，绝大多数时间被云雾缭绕，难得“开脸”，使无数企望一睹它芳容的人怅怅而归。

丽江是世界闻名的赏月景点，我们有意在中秋节的那天赶到那里。这座老城始建于宋末元初，是纳西族居民的聚居地。这里没有汽车，没有噪声，连骑自行车的人都少见，人们走在石板路上没有焦虑和匆忙，有的只是从容和安详，我在细雨中沿着泉水漫步，听着高跟鞋敲打石板路的清脆的回响，有种梦回唐朝的感觉。

天色已晚，空中仍然云雾涌动，我们对月亮的出现已经不抱什么幻想，一行人便去四方街听洞经音乐。

这是主人特地为我们举办的一场音乐会。在此之前，我对这种音乐几乎一无所知。我们走进一座极其古朴的矮小的木屋，面积不过一百平米，屋子的木椽未着油漆，透出本色，给人一种十分温暖、亲切的感觉。主人已经有备在先了，赏乐者矮矮的小木椅前横置着杏黄色的长条凳，上面用碟子装着果品点心，最使我惬意的是座下那遍铺着的碧绿的松针，它们松软舒适，散发着一股植物特有的芬芳。主人说，只有贵客来临，他们才用松针铺地。

我们落座不久，演奏古乐的老人们就带着乐器一一入场了。他们都在花甲之年，有的甚至已经七八十岁了。他们穿着黑底印满金黄色铜币图案的绸质长袍，有的头发和胡须完全花白了。他们的演奏有三大特点，一是演奏的是纯粹的古乐，二是演奏者以老人居绝大多数，三是他们使用几件我国外地均已失传的民间乐器：四弦弹拨乐器“速古笃”（胡拨）、曲项琵琶及双簧竹管乐器“波伯”（芦管）。

老人们坐在黑色木椅上，手扶乐器，明亮的灯光将他们脸上的皱纹很明显地照映出来，但他们一致拥有不惧沧桑的平和表情。演奏台与看台没有界限，我坐在第一排，与他们近在咫尺。

演奏终于要开始了。屋子里的灯光突然消失了，我们陷在黑暗中，一种摄人心魄的寂静中忽然有划燃火柴的“嚓——”的声响，一簇橘黄色的火苗鲜润活泼地诞生了，它被一双老人的手护卫着，勃勃地靠近台中央神龛上的一支蜡烛，蜡烛亲切地接受了火光的热吻，欣然散发出柔和恬淡的光晕。在这片黎明般飞旋的烛光中，“咚咚——咚咚——咚——咚咚——咚咚——咚咚咚咚咚——”的鼓声突然如骤雨袭来，接着是一声开阔悠长的锣声响起又落下，音乐如长河流水一般汹涌而来。那一瞬间，我犹如回到了远古的洪荒年代，看到了篝火、奔跑的野兽、茂密的丛林和苍凉的黄昏。随着音乐越来越走向细腻、典雅和舒缓，时光也迅速向前移动，我来到了汉朝的石桥，河对岸店铺林立、画坊遍布，空气中洋溢着好闻的墨香气，文人学士饮酒作赋。这是《八卦》曲，它以一种无法言传的魅力把我带入了遥不可及的旧时光中。我专注地看着已逾八旬的赵应仙老先生，他双目微合，手操大胡，烛光将他的白发和那缕花白的胡子染成金黄色，仿佛要将他燃烧。他的嘴唇不由自主地轻轻嚅动，仿佛在咀嚼着什么。他在咀嚼音乐还是已逝的青春？

洞经音乐是一种道教音乐，当然也有人认为它融入了佛教的精神。研究者对于它如何流入偏远的云南丽江地区看法不一，有人认为它来自京城，也有人认为来自南京，还有人认为它来自四川乐山。旱路由司马相如治西夷时传入，水路大抵是由大渡河至宜宾，然后再入金沙江。不管它来源何处，这种典型的汉族音乐最后落脚于雪山脚下的纳西族人的居住地，由他们继承和发展下来。

欣赏完《八卦》，跟着奏响的是《山坡羊》《十供养》《到夏来》《浪淘沙》《清河老人》等曲目。在这过程中，我的思绪一直朝着古代翻涌。主人悄悄送上来一盅盅美酒，然后又是一碗碗雪茶。雪茶是一种生长在玉龙山雪线附近阴湿岩石和苔地上的地衣类植物，形似松针，体色银白，气味先苦后甘，清香沁人。这种别致的茶和如临仙境的音乐使我对现实产生了一种虚幻感，我不知道自己是否还在，我在我又是谁。我所能感觉到的就是音乐带来的遥远的时光，我看过许多反映汉唐时期生活的电影和电视剧，也读过许多汉唐时期文人墨客的文章，也曾见过这个时期留下的石窑和陈列在博物馆中的文物，可它们从未把我真正带入过去，我没有听到那个时代的呼吸声，是洞经音乐终于叩开了我的心扉，轻而易举就让我在古城中领略了千年以前的流水和斜阳。

演奏的间隙，我悄悄抽身来到屋外的方形场院。仰望天空，我不由得惊呆了：月亮竟然饱满地出现了，先前的阴霾突然不见，月光荧荧地照着屋子的飞檐，仿佛人世间的美好事物都要相约于一天出现在我面前。难道不是清幽的洞经之声吸引了月亮吗？月亮在聆听这来自大地的丝竹之声。我垂下头又向对面望去，使我更为吃惊的情景出现了，对面木屋的窗子敞开着，有五六颗白森森的人头探出来，他们挤靠在一起，头上裹着孝布，也在聆听洞经音乐。看来这家死了人，他们正在守灵，却经不住音乐的诱惑。我便想象有一个已故的人也在倾听音乐，死亡顿时变得平和和诗意了，我就是在那一瞬间渴望着拥有霓裳羽衣，因为我突然顿悟有多少逝去的灵魂就在我身边浮游，比如那个曾创作了《紫微八卦舞》乐曲的风流皇帝唐玄宗，我一直为他的爱情故事所感动，也许他的灵魂就在月下的古城徘徊。我三十岁了，身材还称得上窈窕，虽然我没有杨贵妃的美貌，但我自信霓裳羽衣加身后，再将秀发高绾，月色中也一样清丽动人。我那样装扮后，我所仰慕的灵魂也许就会引我飞入重霄，让我在银河中舞蹈，在月光中沐浴。

洞经音乐是多么优雅、纯洁而高贵。我甚至觉得玉龙雪山之所以如此俊美，是由于终年聆听古乐的结果。这样的山注定是不可征服的。

我是多么庆幸在我三十岁的时候，在中秋节，能看到一轮真正无瑕的月亮，能够在一个晚上走过一千多年的历程。时光和月光一齐在古乐中飞舞，老人们的面容在我面前渐渐模糊起来，因为那屋外的泉水已经悄悄流入我的双眼。

阿央白

它是如此安然地出现在我面前——阿央白。晨光弥漫了空悠悠的山谷，它面朝着鸟声起伏的山谷，把它那惊世骇俗的美一览无余地展现在我面前。

石钟寺石窟的第八窟便是它了——阿央白。它是一尊刻有女性生殖器的石窟，据说是白族先民原始崇拜的特殊雕刻。它同周围石窟中的菩萨、南诏国王及侍从、天神、力神、古代波斯国人等等坦然地相处在一起，以其浑然天成的美吸引着一代又一代的人。只有这尊石窟下的一块圆石，才被千古不绝的朝拜者给跪出两汪深深的凹痕，那么触目惊心的凹痕。

我远远地看着它，它的黑褐色的质地、轮廓分明的曲线、睥睨世俗的那种天真无邪的气质。我们就在那一瞬间温存地相遇了，阳光在它的身上浮游着，它似乎就要柔软地荧荧欲动，就要流出一股莹白芬芳的生命之泉。

没有嘈杂的交谈，静悄悄的风、静悄悄的阳光在我们之间穿梭着。它静悄悄地立在这里已经有许多个漫长的世纪了。它沐浴着风声、雨声、月光、阳光，这一切都没有损害它的容颜。它是古老的，同时又是年轻的；它是苍凉的，同时又是青春的。我注意到，周围许多处石窟在战事中遭到破坏，菩萨断了胳膊，侍从少了腿，而许多头像都面目模糊。独有它，阿央白，它依然完整无缺地出现在我面前。就连邪恶的手都不敢触及它，看来真正的美本身就能驱除邪恶。

阿央白出在庄严肃穆的佛教圣地曾招致了种种非议。有人说这纯粹是后人出于对佛教的亵渎而导演的一场恶作剧。他们认为阿央白不洁、不贞，怎么可以把生殖器赤裸裸地雕刻在石头上呢？

我无意揣测这尊大约诞生于唐宋时期的雕刻其用意究竟是什么，也许雕刻者雕厌了充满神话色彩的菩萨、天神，雕厌了国王和歌舞升平的场景，雕厌了他们不可触及的事物，所以他们才雕出一个显赫的女性生殖器，因为只有它，才能给人以最温存、亲切、可知的感觉。也许雕刻者只是发现了一大块黑褐色的石头，他产生了丰富的联想，于是女性生殖器的轮廓就在上面显现了。

当然，一切揣测都只能是假想。不管怎么说，阿央白诞生了，而且存在下来，并且将要获得永生。雕它的人没有留下名字，但我觉得当他用刀凿划出一道道痕迹时，他一定是敛声屏气用心在雕刻。雕它的人一定是个心性很高、懂得温暖的人，也是一个真正懂得艺术之美的人。我与阿央白邂逅的一瞬，我便于无形中看见了一双手拂它而过的痕迹。那只能是一双男人的手，只有男性的手才能使女性的美获得真正意义上的解放。

晨光涌动着，我和阿央白同样沐浴着光明。我走近它，端详它，我其实是在端详自己。它经久不衰的魅力在于它的真实、凝重和生动。它可以感知语言，它的深处曾搅起多少令这世上男女流连忘返的波澜——万劫不复的波澜。对于它，世俗的一切揣测都是毫无意义的了。可我仍未能免俗，试图还想为它所招致的非议做一番开脱。它跻身佛教圣地，是否提醒人们，能做佛的思考该是由人开始的，而不是由神开始。只有人才能思考宗教和哲学，而人是从母腹中啼哭着爬出来的，阿央白是我们生命的窗口，我们的思想在做无边无际的精神漫游时，不要忽视生命本身的东西。没有生命，一切都不会存在。

当然，这些念头只是一闪即逝。在阿央白面前，你所需要的只是安详的目光。我一遍遍地注视着它，由远及近，由近及远，这时阳光更加浓郁了，它使阿央白焕发出一股流光溢彩的美。

阿央白的美在于它赤裸裸地将人们引以为神圣或邪恶的东西公之于众，这样神圣和邪恶就不能依附它而存在，它只为它自己而存在。犹如一枝娇艳异常的金黄色喇叭花，在深山野谷中摇曳着，释放着它那安静、炫目、动荡而悠久的美。

鲁镇的黑夜与白天

名人的故居，最辛劳的要数门槛了。它要承载参观者或轻或重的脚印，这脚印当然比不得落叶拂过来得温存，更比不得风儿漫过来得清爽。更何况，这老门槛迎来的并不是它旧日的主人，它听到的大抵是游人的感慨声和照相机快门跳动的咔嚓声。稍好一些的，也无非是怀着凭吊情怀的人发出的几声叹息。我想这门槛在寂静的深夜，也许会为自己身上无端地沾染了陌生人脚上的尘土而感到难过，它也许会捂着被践踏得伤痕累累的脸，对着屋顶的残瓦或者天井中的老树而哭泣。

我是迈过鲁迅故居的门槛的，我不敢踩它，怕那像历史卷轴一样的门槛会被踏碎了。天色本来就阴沉，再加上人多嘈杂，我已消去了对这老屋的兴趣。只记得它很大，门是一重接着一重的，所有的房间都陈设着古旧的家具和器皿，它们就像老人们历经沧桑的眼睛一样，沉静而又略嫌冷淡地望着我们。我注意到，屋子没有大窗口，那栗色的窗子又一律是木格的。木格很细碎，它们就仿佛是横在窗上的一把把剪刀一样，把进屋的阳光给凭空剪得零落而黯淡，所以几乎很难看到一间阳光充足的屋子。我想当年的“迅哥”流连在这样的深宅大院里，住在永远暮气沉沉的房子里，他对外部世界的关注就会更为迫切。而由这寂静和昏暗生发出的幻想，也会像河里游荡的小鱼一样地活跃。

这是绍兴，而绍兴在我的心目中就是鲁镇。在听过了一场让人失望的“社戏”后，我与几位朋友寻到了一处大排档，那已是子夜时分了。没有星星，亦没有月亮，大排档正在高潮上。那排档是南北向的一条长巷，有些歪斜，而正是这歪斜，使它显出了随意、世俗和浪漫的气息。巷子里湿漉漉的，这当然不是雨的滋润，而是每个摊主洗菜时泼出的水。摊位一座连着一座，它们是清一色的塑料棚顶，每个棚子大约放四五张圆桌，每张桌都能容七八个人。摊前的煤火通红通红的，炒菜的声音和着摊主招徕客人的声音，让人觉得亲切和温暖。我们要了炸臭豆腐干、咸蛋黄炒番瓜丝、爆炒黄泥螺、辣椒鳝丝、盐水煮茴香豆等菜，叫了一壶酒。酒不用说了，一定就是孔乙己和阿Q都喝过的黄酒。这酒被温过，未放城市里时尚喝法中所加的话梅、姜丝、冰糖等调味品，因而醇正敦厚。我们先前还比较文雅地吃酒谈天，后来酒喝得人情绪飞扬，几个人就行“棒虎鸡虫”的酒令玩，输家罚酒，往往是男人一说“鸡”就赢，而女人一说“虫”则输，大家又笑又叫，好不快活。这种时刻，我心中鲁镇的影子一闪一闪地呈现了，我嗅到了一股古中国生活的气息。我仿佛看到了孔乙己穿着长衫站着喝酒的情形，他用尖细的手指在柜台上排出一文一文的铜钱；我还看到了在酒楼上的吕纬甫讲述两朵剪绒花故事时怅惘的神情。我甚至想，如果不远处的护城河下停泊着一条船，我们登得船上，在夜色中划桨而行，一定能够看到真正的社戏，能喝到戏台下卖的豆浆，当然，如果碰到一个老旦坐在椅子上咿咿呀呀地唱个不休，我也一样会烦得撑船就走。如果偷不成别人家的豆子在船上煮着吃，就偷一缕月光来当发带，让它束着我随风飘扬的长发。夜越来越深了，是凌晨两点的时分了，我们却毫无睡意，这时忽然来了一个瘦弱的孩子，他胸前斜挎的吉他比他还要高。他手里拿着一个用小学生的练习本写就的歌本，很老练地请求我们点歌。他眼睛很大，但却没有少年的那种天真之气。我问他几岁了，他说六岁。又问他点一支歌多少钱，他用生意人惯用的口气告诉我，点一支四元，但如果点三支的话，只收十元钱。我不假思索地说，那就点三支。他唱的第一首歌是《三个老婆》，歌词写得庸俗不堪，什么“三个老婆不嫌多”、“老婆多了有人疼”等等，歌词里甚至形象地给三个老婆所司其职做了分工，什么做饭的、捏脚的、陪睡觉的等等。他这一唱，大家的心一下子沉下来了。在他身上，我看不到少年闰土身上的天真、朝气和童趣，反而感觉相遇的是成年的闰土，那个被沉重生活压迫得几近麻木的闰土。我们没等他唱另外两首歌，付了他十元钱，打发他走了。他挎着吉他离去的背影有些摇晃，感觉那吉他是一头蛮力十足的怪兽，死死地拖着他走，我真怕它在这黑夜里把这卖唱的少年给拖得支离破碎了。自此，大家再无兴致逗留，仿佛是刚参加完一个好友的葬礼似的，郁郁走掉。

次日我起得很迟，把早饭和午饭放在一块吃了。天色仍然寡白寡白的，两三朋友聚集在一起，都说不想到安排好的景点去参观，我说那不如到绍兴的老街走一走。以我的经验，看一卷历史书，不如在一个有历史感的老街上走上一程更能领会历史的含义。因为老建筑会透出一股清秋般的苍凉之气，你能在其上看到岁月抚过的痕迹，触摸到历史心音的脉搏。

沿着绍兴广场的护城河向北走，没有多远，老街就呈现了。见到它，我的眼睛蓦然一亮，感觉它仿佛扭着身子活跃地动了几下。在被高楼簇拥着的宽敞的柏油马路上行走，我常常觉得自己走在一具巨大的僵尸上，紧张、空虚、不知所措。而在狭窄的老街上闲走，我会无限地放松和陶醉。这种时刻，你觉得那街分明像河流一样，它潺潺地流动着，等着你的脚踏出阵阵水花。这街只有两米左右的宽度，它的两侧是层层叠叠的老房子。房前的门楼各具特色，有的高而窄，有的矮而阔。房子多数是两层的小楼，也有三层的，但极少。它们的色彩以栗色和苍灰为基调，屋顶的瓦却基本是深灰的，灰色年头久了，就泛黑了。不过它们与天色是极为协调的，仿佛它们就是天的底座。你不要小觑了这老街，看着它不长，走起来就长了，长得仿佛没有尽头。而且它也不是笔直的，略略地弯着，它这种弯不是老人的那种透出暮气的驼背，而是一个少女笑得不能自持时妖娆的弯腰，风情万种。街上很少有行人，石板路上干干净净的，给人以明净、妥帖之感。我们推开了几户门楼，进得院子，想更直接地接近老房子。真正的老屋比比皆是，它们保持房屋原来的状态，格局是老格局，窗户也是老窗户。到这样的屋子里走一下，你会嗅到一股散发着隐隐腥气的潮味，仿佛这房子是放置已久的鱼，它因离河太久而伤感得落泪，那气息或许就是它的眼泪。如果不是有现代的人闪现在房子里，我会误以为回到了一百年前的鲁镇，听见了单四嫂子在空虚寂静的夜晚呼唤宝儿的哭声，嗅到了华老栓买来的人血馒头被火焰舔舐过所发出的奇怪的香味，看到了在祝福声中被主人呵斥后凄凉地放下烛台的眼神呆滞的祥林嫂。这是鲁镇，是鲁迅笔下那个永远也不会消失的鲁镇。那屋檐上的荒草，那窗棂上所弥漫的蒙昧天光，那院子中的桂花树，那天井中放置的杂物，似乎都透着旧时代的气息，它让人有某种伤感和惆怅，又让人有某种辛酸后的喜悦。

在那条老街里，留给我印象最深的是一个着白衣的盲人。他用一根细而长的竹竿探着走路，走得不急不躁，有板有眼。看来他对这老街熟稔至极，老街也许是他的眼睛仅能看到的一道光。当我们走完老街在一家茶楼坐下时，透过拉起的窗户，我能望见护城河上的拱形石桥。那桥是灰色的，上面匍匐着一些绿色藤萝，有棵高高的柳树越过石桥，它就仿佛是一个淘气的少年，赤脚站在水里，笑嘻嘻地看着流水。把目光放得远一些，再远一些，便可望见老街上的房屋，看见灰瓦和飞檐，它们就像飘浮在鲁镇上空的凝重的浮云，让我陷于回忆和思索之中。

我总想鲁迅在骨子里其实是一个浪漫主义者。只不过我们把他定位在“民族魂”这个高度后，更多地注意了他作品的现实和批判的精神，而忽略了任何一个伟大的作家内心深处都具有的浪漫主义情怀。从他的故居直到老街，我感受到的是栩栩如生的鲁镇，它闲适、恬静、慵懒、舒缓，这种环境是能让人的想象力急遽飞翔的地方。孔乙己是现实的，但也是浪漫的，只不过那是被苦难压榨出的辛酸的浪漫，他赊账喝酒，他偷了书被人打断了腿时为自己的辩解，都体现了鲁迅在其身上倾注的浪漫主义的热情。还有那个让人过目不忘的阿Q，我觉得阿Q就是一个浪漫主义者，他对革命的无知的游戏态度，他由调戏小尼姑而生发出的对爱情的向往，他自甘其辱后的精神上的自我安慰，直至他为自己生命的终结而努力画上一个圆圈时，阿Q的形象都是神秘的、可爱的，让人憎恨而又同情的。而在《故事新编》中，鲁迅的浪漫主义情怀可以说是体现得淋漓尽致，挥洒自如。《奔月》里吃腻了乌鸦炸酱面的嫦娥，《出关》里骑着青牛的老子，还有《铸剑》里在滚烫的大金鼎里那颗如泣如诉的报仇的人头，不都在向我们昭示着：这是些有光彩、有魅力、经得起时间检验的浪漫主义人物嘛！

绍兴似乎总是阴气沉沉的，我心目中的鲁镇因了这特定的天色而一直伫立在眼前。它的白天和黑夜仿佛是没有界限的，白昼有暗夜的气象，而黑夜又有白昼隐约的影子，一如鲁迅作品带给我的气息。当我喝了一杯碧绿的茶，再望护城河的时候，望见了一条乌篷船正从远处荡来。那船黑黑的，就像跃出水面的一条青鱼。到得近处，我见那桨搅起一阵一阵的乌黑的淤泥上来，它使绿水有了一道道黑色的印痕，就像人的伤疤一样。待我把目光再转到石桥上时，竟然看见了先前在老街里遇见的那个盲人，他怀抱着竹竿，坐在石桥上。但他不是沉静地坐着，他不时地转身，用竹竿去抚弄柳树，于是就有一些微黄的柳叶天女散花般地被打落，它们落在水里，向下游荡来，渐渐地接近我们所坐的茶楼。我多想在它们经过的一瞬泼一杯清茶于它们身上，可我怕同行者笑我痴狂。而且我也不敢肯定，它们确乎能够领受茶的芬芳之气，于是就只是静静地看着它们一摇一摆地走远。

西栅的梆声

乌镇是一枝莲，东栅、西栅、南栅、北栅是它张开的花瓣。东栅因为天光和烟火气盛，这片花瓣在我眼里是银粉色的。西栅呢，它被不绝的流水环绕着，那层层叠叠的楼台水阁，迷宫似的灰街长巷，也就有了舟楫的气象，似乎你轻轻一推，它们就会起航。这片轻灵的花瓣，在我眼里就是烛白色的了。烛白色不像银白那么耀眼奢华，也不像乳白那么温柔平淡。烛白色，它高贵朴素，充满激情而又深沉内敛。因为烛白色里，掺杂着天堂的色彩。

来乌镇的，不仅仅是人，还有白鹭、云朵、晨雾。与它们比起来，倚赖车船出行的人，是多么的被动啊。白鹭来，乘着清风，扇动着丝绸一样的翅膀，倏忽间就翩然而至了；云朵呢，如果它们思念身下这片枕河入梦的人家了，从天宇的某个角落出发，且歌且舞，飘飘洒洒，也是说到就到了。比起白鹭和云朵，晨雾不是远客，它们就栖息在乌镇纵横交织的水泽深处。只要它们起了顽皮，就一哄而起，缚住太阳，把人间幻化为海市蜃楼，霸气十足地做这世界早晨的皇帝。

我在乌镇，住在西栅。西栅由十二座小岛组成，所以进出西栅，须乘坐渡船。到乌镇时已是晚上九点，江南的雨淅淅沥沥下着，好像乌镇这个素服女子忙活了一天，正在做安寝前的沐浴。从西栅的码头登船，去通安客栈，大约一刻钟。西栅的渡船是我喜欢的那种，带篷的木船，梭形，人工摇橹，至多坐六人，既不像大船那样笨拙少情调，又不像只能容一两个人坐的小舟，在水波上活跃得像条鱼一样，让人心生不安。不大不小的渡船，如同恰到好处的鞋子，最适合游人的脚。船家是个女子，乌镇人对她们有个亲切的称谓：船娘。而我觉得，女子的性情，最适合在西栅摆渡。因为这儿不是荒凉的海域，需要顶天立地的男人披荆斩棘，西栅是一个宁静的港湾，是个听桨声的地方，由性情多温婉的女子做“掌门人”，再妥帖不过了。

船娘戴着斗笠，不紧不慢地摇着橹。虽然落着雨，但岸上投下的灯影，依然盛开在河面上，看来电的筋骨，实在强啊。没有月亮的夜晚，那一团团湿漉漉的橘黄的灯影，看上去像是月亮生出的金发婴孩，是那么的鲜润明媚。带着一身的水汽，船停靠在客栈的码头上了。简单吃了点东西，洗漱后躺下，已是深夜了。旅途的劳顿，并没有使我立刻入睡。不过在西栅，失眠是幸福的，因为你在静得出奇的夜里，能听见淙淙的流水声。

来乌镇的次日，是茅盾文学奖颁奖的日子。我醒来的时候，西栅还没醒，因为它被浓雾包裹着，所以到了天亮的时辰，它却亮不起来。早饭后，我出了客栈散步。上了一座灰白的石拱桥，站在桥上，只见河两岸的房屋，好像晾晒着一匹匹白色的丝绸，被雾气紧紧缠绕。你想看远一点的河道，看不清楚；想看近处房屋的飞檐，也是看不清楚的。雾中的西栅，也就有了如梦似幻的感觉。上午十点多，雾小了，雨又来了，所以那个白天的太阳和那个夜晚的月亮，是逃跑的新娘，芳踪难觅。如果说乌镇是一朵静静的莲的话，那么茅盾文学奖的颁奖典礼在我眼里就是昙花。那个夜晚的颁奖盛典结束后，第二天，与会人员纷纷离去了。客栈的小码头忙碌起来，船娘忙碌起来，被桨搅起的水波，也忙碌起来了。

我也乘渡船出去，但奔赴的不是飞机场，而是东栅。太阳终于露出了芳容，天地间变得亮堂起来了。东栅游人如织，每一座石桥、每一条小巷、每一座古老的牌楼下，都有驻足观望和拍照的人。导游带着我们，先是参观了一个专门展览雕花木床的博物馆，然后去了乌镇名酒——从清朝就开张了的三白酒的酿造地。在乌镇这样的水乡，如果没有酒，老百姓的日子，无疑是少了魂儿。出了酒坊，近午的时候，在去餐馆的途中，我在一条巷子里，遇见一个白发苍苍的老婆婆。她将自家炉灶支在屋外，微微弓着背，神色怡然，当街翻炒着一锅羊肉。羊肉显然被酱汁浸透了，油红色，有扑鼻的香气。很多游人停下脚步，眼馋着那锅肉。而我眼馋的，是老婆婆手中的那把锅铲。如果我到了她这般年华，能像她一样自如地使着锅铲，为自己烹调下酒的小菜，那就是此生最大的福气了。

从东栅回来，小憩片刻，导游又带着我们游西栅，看了由白莲塔、通济桥和仁济桥所形成的著名的“桥里桥”景观、蚕丝厂以及酱坊。西栅最有趣的景观，是三寸金莲馆。那里展览的，是历朝历代形形色色的小鞋。有研究者说缠足始于隋唐，也有人说由五代兴起。清入主中原后，反对汉族人缠足，尤其是康熙大帝。从这点看，康熙就是一个充满人性的皇帝。康有为在自己的老家广东南海，还曾联合当地乡绅和开明人士，创立过不缠足会。这种病态的审美和风习，在中国流传了近千年，却是一个不争的事实。那些小巧玲珑的鞋子，多有斑斓刺绣，花色妖娆，可我却看不出丝毫的美来，因为它们是女人的脚镣啊。

游过西栅，天色已昏。我们就近在一处临河的餐馆吃晚饭。饭后，回到客栈，清理完旅行箱，想想明天就要离开西栅了，心中似乎还有什么割舍不下的。九点一刻，我独自出了门，看夜下的西栅。

石板路上，几乎看不见行人了。西栅静下来，而另一种光明，却升起来。点缀着夜晚的灯光，以乳黄为主，但也有幽蓝的光带，裹着石桥，使桥有了闪电的气象。那一盏盏古朴的风灯，在苍灰的屋檐下，随着晚风轻轻摇荡，像恋人温柔的眼。我走进一条深巷，周围竟一个人都不见，那一座座阒然无声的深宅大院，使我怀疑里面居住的不是人，而是神灵。我有些害怕，连忙回到离出发点不远的放生桥那儿，桥下有一个小酒吧，还有零星的顾客。刚停下脚步，就见柳树丛中闪出一只猫来，雪白雪白的，它好像赶赴什么约会，飞也似的越过石桥，去另一岸了。猫离去了，一个清扫员出现了。她一手拎着撮子，一手提着扫帚，打扫石巷。我看了看撮子，里面较少有废纸和食品包装袋之类的垃圾，更多的是落叶。乌镇再怎么江南，也是秋意阑珊了。我跨上桥，刚好看见有一只载客的船从远处荡来。我听见客人在问："岸上是什么树呀？"船娘答："香樟树。"之后再无人语，有的只是水声。我看着这只船渐渐接近石桥，然后鱼似的从桥下跃过，不见了踪影。正当我要走下石桥的时候，一阵梆声石破天惊地响起，这是打更的人在报时了。打更的人穿行在哪一条巷子，我并不知晓。但这寂寥而空灵的梆声，与教堂的钟声一样，让我身心顿时为之一爽。是啊，这禅意深厚的梆声让我明白，所有的盛典和荣耀，不过是一季的盛花，会转瞬间化为流水。那些相识的和不相识的人，包括我自己，不过是这世界的过客而已。明白了这个道理，你就不会在脱离了灯火璀璨、人语喧嚣的环境后，惧怕一个人走夜路。这复古的梆声，让西栅的夜，白了。

黄沙蔽天时

看过了秦始皇兵马俑，游过了茂陵、乾陵，领略了汉武帝、武则天占尽风水的寝陵后，我又去了大雁塔、小雁塔，以为对西安已有了全面了解，所以安然地在落霞时分流连于西大学府南路的市场，听当地人操着土语吆喝买卖，时不时踅进小吃部经济而实惠地饱尝一顿美味，至今对那条街上的李记玫瑰油糕、张记油泼扯面、福顺羊肉泡馍记忆犹新。常常是一碗面或泡馍落肚后还觉得余兴未尽，于是饭后的一块玫瑰油糕就成了一道好点心。我边吃边慢慢地踱步在小街上，看着两侧摊床上新鲜的牛羊肉、瓜果、蔬菜，听着买卖双方互不相让的讨价还价声，有一种十分朴实和亲切的感觉。那条街上总是有卖山核桃和板栗的，这是我读书之余比较青睐的零食，当然还有水晶柿子和猕猴桃，我散步回来手里总是提着吃的东西。

就这样在一种散漫富足的情调下开始了在西安的求学生活。有时候突然起了浪漫情调，就跑到古城墙上望云，感觉那天空和云彩都不同寻常的晴丽；有时也在炎热的夏日彻夜躺在柔软而清香的草坪上，看夜空和星星，感觉那夜空和星星也是不同寻常的晴丽。我以为西安就是这样子，有古中国的生活情韵，节奏缓慢，民风淳朴，繁荣而不雕琢，朴素而不失大都市情调，天清气朗，晴日永照。然而一九八八年春季的一场黄沙却使我改变了对它的看法。

那天上午并没有风沙袭来的任何迹象，天空很蓝，透明度也很高，一上午的课程结束后我在食堂吃过午饭便回宿舍休息。我的午睡时间一向很长。三点左右我懒散起床到学府南路散步，看见摊床上的草莓鲜艳而饱满，便称上一些边走边吃。还未走到市场尽头，忽然感觉一阵旋风袭来，天蓦然黯淡了，树叶被疾风吹得哗哗地响，一些挂在树枝上的广告条幅被刮得四处飞扬。商贩们咦喝叫着麻利地收拾摊床，几家店铺很快把板窗落了下来。先前还忙碌而从容的街市一下子变得纷乱起来，人们在风中急急地仄着身子赶路，狂风似乎想使每一个人都成为秃子，奋力撕扯着人的头发。我的长发狂舞着，几乎蒙住了整个的脸。

黄沙就在此时滚滚而来，它们那细小而尖锐的尘埃不遗余力地击打着店铺的玻璃窗、惊慌失措的行人、树木以及商贩们没有完全收完的水果。太阳不见了，远远近近都是苍黄的色彩。空气令人窒息，我在弥漫的黄沙中艰难地朝回走。然而我只能是踉踉跄跄地走，没吃完的草莓早已沦落风尘中。学府路到我的住处并不很远，可我却觉得那是我一生中走得最漫长的路。没有说话声，有的只是默默前行的人。人们一律垂头弓背走着，以尽可能地减轻黄沙对自身的侵害。世界一片混沌。我的眼前一片模糊，只觉得自己被人活生生地抛到了荒郊野外，人群不见了，房屋不见了，树木不见了，公共汽车也不见了，无边无际弥漫着的是那用粗哑的嗓子歌唱着的黄沙。它来自苍凉无垠的黄土高坡，来自域外曾经刀光剑影、血染黄沙的古战场。它带来了晦暗的窑洞里那微弱的一点光亮，带来了玉米身上一缕抖不掉的沉香，带来了在这黄土地上终年耕种着的农人们沉重的咳嗽和叹息。黄沙蔽天，西安不见了，西安仿佛沦陷了。我也消失了，因为我变成了一粒黄沙，我的思绪漫无边际地飘游。我隐约看见一个女人抱着孩子贴着围墙慢慢而小心地走着，而一对恋人则紧紧相拥相抱在一爿店铺的墙下。在如潮一般涌来的黄沙中，所有的人都像是刚出土的泥塑，古典而沉重。我不由得蓦然想起气势恢宏的秦始皇兵马俑，如果没有展厅高大的棚屋环绕着它们，让它们经受一次黄沙的洗礼该有多么壮观！它们本来就来自地下，来自蒙蒙黄沙之中，它们与风雨有着肌肤之亲，它们在地下是活的，而它们的出土则意味着死亡。当不绝如缕的中外游客一遍遍地将惊奇的目光投向它们时，它们为什么总是显得无与伦比的冷漠和持重？也许它们渴望回到它们诞生的地方，渴望着我们视为劫难而它们视为辉煌的横贯天际的黄沙的洗礼，渴望着一种心对心的交流。

我在黄沙中有一种说不出的辛酸，有一种要哭的欲望，有一种想呐喊的欲望，有一种要永久消失的欲望。多少帝王将相将他们颓败的宫殿留了下来，将他们的黄金、珠宝、玉玺留了下来，然而他们死后无一不是归隐黄土。黄土是一个血肉之躯最后的永恒的梦乡。我们在一心一意建设一个城市时，筑起了高楼，修起了宽敞的水泥马路，使那么多房屋色彩纷呈，雕梁画栋，以绿化为名种植了一排排单调的树木。我们以为已经隔绝了黄尘、隔绝了贫穷之气，然而就在我们几近麻木的庸碌而饱食终日的生活中，一场黄沙却浩浩荡荡地袭来了，它为我们自以为是的生活敲响了警钟。

那是我一生中走得最漫长的一段路，我在黄沙蔽天时为自己在古城墙上附庸风雅地望云有了一种彻骨的羞耻感。我知道我先前了解的只不过是西安的一些皮毛的东西，它深层的内蕴我还远远没有挖掘到。两个相爱的人在黄沙中相拥体味的是爱情，一个女人抱着一个孩子在黄沙中体味的是母子间的挚爱深情。而只有我，一个独行者，才能体味到黄沙鞭打心灵的那种疼痛和温暖。我知道自己很可能在一生中都处于一种孤独的境地，但这并不可怕，因为只有孤独的人，却没有孤独的心灵。当我步履蹒跚将要回到住处时，我的嘴巴、鼻孔、耳朵、头发、颈窝里满是黄沙，我想此刻有人把我送入秦始皇兵马俑的俑坑该是多么恰当——我满身风尘如泥塑，而那里又是多么缺乏一位裙裾飞扬、长发飘飘的女人与它们相守。

萤火一万年

在张家界的一天夜里，我非常迫切地想独处一会儿。我朝一片茂密的丛林走去，待我发现已经摆脱了背后的灯火和人语时，一片星月下的竹林接纳了我。

我拨开没膝的蒿草坐在竹林里。其实我并不喜欢竹子，尤其是在各座名山的栈道上见到由它做成的滑竿抬着人咿咿呀呀地上下时，便觉得它的卑贱和不成器。然而它的秀气却是无可争议的，只有在南方的水泽之乡才能生长这种植物。

竹林里的空气好得让人觉得上帝也在此处与我共呼吸，山涧的溪水声幽幽传来。在风景宜人的游览胜地，如果你想真正领略风景的神韵，是非常需要独自和自然进行交流的。

那是个朗朗的月夜，我清清楚楚记忆着竹林里无处不在的月光。我很惧怕阳光，在阳光下我老是有逃跑的欲望，而对月光却有着始终如一的衷情，因为它带给人安详和平静，能使紧张的心情得到舒缓与松弛。

眼前忽然锐利地一亮。一点光摇曳着从草丛中升起，从我眼前飞过。正在我迷惑不已时，又一点光从草丛中摇曳升起，依然活泼地从我眼前飞过。

这便是萤火虫了。如果在我的记忆中不储存关于这种昆虫的知识有多好，我会认定上帝开口与我说话了。我也许会在冥想中破译这种暗夜里闪光的话语。

然而我知道这是昼伏夜出的萤火虫。它的腹部末端藏有发光的器官。它出现在墓地的时候，人们老是将它说成鬼火在一明一灭。我的周围没有坟墓，只有洋洋洒洒的一片竹林，可萤火虫依然出现了，也许我的身上附着谁前世的幽魂。

这种飞翔的光点使我看到旧时光在隐隐呈现。它那颤颤飞动的光束不知怎的使我联想到古代仕女灿烂的白牙、亮丽的丝绸、中世纪沉凝的流水、戏园里琤琮的器乐、画坊的白绸以及沙场上的刀光剑影。一切单纯、古典、经久不衰的物质都纷至沓来，我的心随之飘摇沉浮。

萤火虫的发光使它成为一种神奇的昆虫，它总是在黑夜到来时才出现，它同我一样不愿沉溺于阳光中。阳光下的我在庸碌的人群和尘土飞扬的街市上疲于奔命，而萤火虫则伏在安闲的碧草中沉睡。它是彻头彻尾的平静，而我只在它发光时才消除烦躁，获得真正的自由。因为它本身是光明的，所以它能在光明下沉睡，只有在黑暗中它才如鱼得水，悠游自如。而哪一个人能申明自己是完全拥有光明的呢？我们曾被一些阳光下的暴行吓怕了，所以我们无法像萤火虫一样在阳光下无忧无虑地沉睡。我们睡着，可我们睡得不安详；我们醒着，可我们却又糊涂着。萤火虫则不然，它睡得沉迷，醒得透彻，因而它能心无旁骛地舞蹈，能够在滚滚而来的黑夜中毫不胆怯地歌唱。

月光下萤火虫的光束毕竟是微不足道的，能够完全照亮竹林的还得是月光。然而萤火虫却在飞翔时把与它擦身而过的一片竹叶映得无与伦比的翠绿，这是月光所不能为的。萤火虫也在飞过溪涧的一刻将岩石上的一滴水染得泛出珍珠一样的光泽，这也是月光所不能为的。

萤火虫忽明忽灭地在我眼前飞来飞去，我确信它体内蓄积着亿万年以前的光明。多少人一代一代地去了，而萤火虫却永不泯灭。旧坟塌了成为泥土，又会有新坟隆起，而萤火虫却能世世代代地在墓园中播撒光明。也许它汲取了人的白骨中没有释放完全的生气和光芒，所以它才成为最富于神灵色彩的一种昆虫。

我坐在竹林里，坐在月光飞舞、萤火萦绕的竹林里，没有了人语，没有了房屋的灯火，看不见炊烟，只是听着溪流，感受着露水在叶脉上滑动，这样亲切的夜晚是多么让人留恋。

可我还是朝着有人语和灯火的地方回返了。那种亘古长存的萤火在一瞬间照亮了我的青春。我将要走出竹林时一只萤火虫忽然从草丛中飞起，迅疾地掠过我面前，它在经过我眼前时骤然一亮，将我眸子里沉郁的阴影剥落了一层。

钟声上海滩

九月由昆明飞上海的途中，我遇见了一个难忘的旅伴。他三十上下，微胖，肤色很白，浓眉大眼的。我登机落座时他起身帮我把木雕大象放入座下。

“是从缅甸带来的?”他指着木雕大象问。

“不，是昆明的。”我说。

由于动身的前一夜睡得很迟，为了赶飞机又起了个大早，未等起飞我便呵欠连天、睡意浓浓，根本没有与陌生人搭讪的兴致。我将腿前伸，身子斜斜地后仰，尽可能舒服地合上眼睛小憩。迷迷糊糊之中，只觉得心一阵阵上提，便知已经与云彩为伍了，我睁开眼睛看了一下邻座，他靠着舷窗，正在专心致志地读一本书。

其实似睡非睡的状态是极为美妙的。你闭着眼睛似在沉睡，而一部分意识却在清醒地冥想。时光在这时候显得极为温柔。甚至连空中小姐推着餐饮车走来走去的声音也让人感到亲切。我能听见邻座的人翻动书页的声音，一种格外撩人和温存的声音，它使我联想到泛着月光的湖面。我想象他在看什么内容的书，武打、言情抑或侦探，这都是旅行中可让人读下去的东西。最后我认定他读的是金庸或梁羽生的书。

“在看什么书?”我捺不住好奇心的诱使，睁开眼睛问他。

他笑了一下，并没有说出书名，而是将那书折了页，然后合上递给我。

书一到手上我便觉得一股寒气袭来，顿时睡意全消。那竟然是萧红的《呼兰河传》! 我突然觉得自己已经不知不觉地坠入天堂，与萧红的灵魂在重霄相遇了。

我吃惊不已地问他：“你是做什么工作的?”

“警察。”他淡淡一笑。

“警察?”我更加吃惊不已，“怎么读萧红的书?”

他说他喜欢萧红作品中的那种寂寞，现在生活太热闹了，商业味十足，他就更加怀念萧红作品中的那种寂寞。他对萧红作品的这种彻骨的理解令我震惊。我告诉他我与萧红同乡，也从事写作，他便问我的名字，我说过名字后他很歉意地摇摇头，说他已经很多年不读当代作家的作品了。我问为什么，他说：“现在的作家的作品没味道。”

他的话使我无言以对。我合上眼帘，有一种奇妙的声音传来。大概是气流与机翼摩擦的声音，但我感觉到的却是一种清幽辽远的钟声。这钟声贯穿着天宇，行云流水一般浩渺。

到达上海的次日正值中秋佳节。因为我的新长篇《晨钟响彻黄昏》的庸俗包装，心情不免有些沉郁。当我在上海的两处书摊上见印有自己名字的书与一些武打、情杀、耸人听闻的奇闻逸事的书摆在一起时，头脑一阵阵发涨，不由悲从心来。想到自己的书的这种面貌竟然也是文化人一手精心炮制的，便觉得这个世界真是在铜臭气中发疯了。我不由想起那位不知名的旅伴，如果把萧红的《呼兰河传》的封面也换成一个胸部半裸的女郎的照片，他会怎么想呢？

中秋之夜我与张持坚在城隍庙的松云楼喝茶吃饭，那里的南腿小粽子和细沙酥饼给我留下了很深的印象。张持坚在北大荒度过了他的青春岁月，不久前才举家迁回上海。他充满感情地回忆他在北大荒的艰苦难忘的岁月，我明白清冷的松花江水已经在不知不觉中把它的精髓融入了一个喝黄浦江水长大的人的血液里。上海已与张持坚少年时心目中的上海大不一样了，它繁华多变、日新月异，生活节奏极快。我不知道在喧闹的都市一隅偶得空闲的张持坚，可否还会时时想起北大荒那片辽阔的雪原和由那无边的辽阔而带来的寂寞？他在回忆的一瞬可否能体验到聆听钟声的那种脱胎换骨的感觉？

我喜欢听钟声。每逢新年伊始的午夜，我都要守在收音机旁静静地听雄浑而苍凉的钟声传来。那是一种岁月之音。在上海的夜里我特别渴望能意外听到钟声响起，哪怕它是自鸣钟的报时声。然而我的期待落空了。从城隍庙返回住处，当车经过外滩那条辉煌的大街时，在闪闪烁烁的灯影里我忽然觉得自己在变小，我的耳畔又一次响起了奇妙的声音，那不是机翼与气流相摩擦的声音，也不是汽车轧碎遍铺着的灯火的声音。它是一种源自生命本体的钟声，一种心灵之音。我在这持续弥漫着的钟声中穿行着，想着那位读着《呼兰河传》的陌生的朋友和念念不忘北大荒的相知的朋友，不由为他们共同的牵挂而感到无比的欣慰和伤感。愿钟声与好人常相随。

周庄遇痴

未见周庄，先就喜欢上了它的名字。文人总改不了“望文生义”的虚荣毛病，所以一厢情愿地认为周庄一定是个古朴、宁静、平和的有种夕阳西下安闲情调的小镇。

从苏州到周庄，乘车大约要一个多小时。那天是周日，阴雨。同行者说这日子游周庄不好，因为上海离周庄很近，每逢双休日，周庄便人潮蜂拥，到处都是“阿拉”声。我便暗暗祈祷雨下得再大一些，那样“阿拉”声也许便会退潮。可是乌云并不偏袒我满含自私情怀的游兴，它很正直地从天庭撤退了。我第一眼望见的周庄，便是一带青砖灰楼顶上跳荡着的一轮湿漉漉的白太阳。

周庄旧名贞丰里，开始只是个小村落，到了元朝中叶，它才逐渐发展起来。一个地方的迅速繁荣，必定与商业活动有关，而商人中的巨富无疑起着举足轻重的作用。周庄也不例外，是江南富豪沈祐由湖州南浔迁徙至周庄，才仿佛在一夜之间给周庄下了一场白银大雪，使这里富得闪光。而沈祐之子沈万三又给这白银般的富庶涂抹了一层灿烂的金黄色，使它显出一派登峰造极般的辉煌，以至人们传说沈万三有一个聚宝盆。然而富庶极端了便有“招摇”之嫌，沈万三便因此而罹难。

据民间传说，明太祖朱元璋要修筑南京城墙，沈万三曾资助一万三千两白银，负责洪武门至水西门一段工程。后来工程超支，他又捐出一万三千两白银。但朱元璋贪得无厌，命沈万三献出聚宝盆。沈万三不从，将银子运回周庄，藏在银子浜下，又携带聚宝盆远走他乡。后来他被朱元璋的御林军捉住，发配云南充军。而《周庄镇志》记载：“富民沈秀者助筑都城三分之一，请犒军，帝怒曰：匹夫犒天下之军，乱民也，宜诛之。后谏曰，不祥之民，天将诛之，陛下何诛焉！乃释秀，戍云南。”

不管是传说还是史料，都能证明沈万三是因为“露富”而犯上。只要你让皇帝感觉到富得咄咄逼人了，即便不马上人头落地，也只能是虽生犹死、苟延残喘地度过残生。

沈万三终于客死他乡，他的灵柩后被运回周庄，葬于银子浜底。

周庄的石桥和窄窄的巷道中，果然有层出不穷的“阿拉”声。我们随着导游进入“沈厅”。沈厅原名敬业堂，清末改为松茂堂。由沈万三后裔沈本仁于清乾隆七年建成。沈厅面临河埠，水上有苫着天蓝色布的船在往来穿梭。没有我想象中的临河梳妆或淘米洗菜的女人，那船虽然也古旧，但载的都是嬉笑不已的游人。沈厅的中部是茶厅和正厅，我坐在厅中央的红木椅子上小憩的一刻，觉得一股砭人肌肤的阴凉从足下生起，仿佛我正踩在寒气萧森的地狱之口上。我参观过很多有钱人的宅院，它们大都有着高大的门楼，厅堂四四方方，里面雕梁画栋，陈设的椅子也大都笨重不堪。这样的屋子因为远离窗口，所以阳光的进入就极为艰难。何况周庄的建筑屋檐与屋檐之间几乎相交错，阳光投射下来已经颇多阻隔，又怎谈得上一泻厅堂呢。少见阳光的房屋，在拥有其凝重气氛的同时，必然给人一种挥之不去的压抑感，给人一种隔绝了自然的沉闷感。流连于沈厅那数不清的房屋，就仿佛是行走在地下墓穴一般，让人觉得阵阵悲凉。后来我们一行人聚在一处小茶坊前就着腌苋菜喝阿婆茶，我偶然看见窗前几株绿色植物的叶片上鼓着几滴被阳光照得晶莹剔透的雨滴，才觉得沈厅的周围仍然有生命在搏动，而在那一瞬间抹去了拜访它时萦绕于心头的凄凉感和萧瑟感。

周庄保留下来的基本上是明清建筑，它的基调是灰色的。在绿色永不凋、永远是春天的江南，这种灰色总是像闪电一样跳跃。一座座的石桥像一匹匹骏马一样横跨在水巷上，并在水中投下它们的倒影。阳光照着石桥和石桥上的人，也照着水中的石桥和人淡墨似的倒影。吆喝茶点的声音仍然从深巷中掠过奇峭的飞檐传来。在某一瞬间，我似乎捕捉到了周庄的神韵，然而不绝如缕的游人很快就冲淡了那种感觉。我在嘈杂声中想象百年前的周庄，也是这样的建筑，不过人很少，坐在厅堂里喝茶的时候，便能清楚地听到归船的桨声。船归的时候，也许会惊扰水中浮游的鸭子，也许闺中的小姐在临河的绣楼里推开窗户，看看那归船上是否有她喜欢的人。若没有她喜欢的人，又有没有她喜欢的丝绸或陶器。屋前的垂柳把一半绿意赋予石墙，另一半绿意却袅袅漫向河水。天色黄昏时，水巷里溢满金色，糯米糕和清茶的气息在每一位盼夫归来的妇人的指间琴音般萦绕。灰蒙蒙的周庄就在一派典雅平和的气氛中滑入夜晚。后来月亮起来了，周庄没有夜游人，月光就散散淡淡地照着周庄的石桥、流水、屋檐、垂柳以及树深处的鸟……

然而纷乱的现实很快又把我与周庄的“神交”隔绝，我们开始参观“迷楼”。迷楼原名德记酒店，柳亚子先生同南社诗词社的人曾在此居留并饮酒作赋。顺着狭窄的楼梯攀上二楼，兀然看见几个南社成员的蜡像，他们看上去仿佛是在切磋诗艺，然而人物凝固的表情却给人一种彻头彻尾的做作感。其实有这一座古旧的小楼足以让人想象南社成员在此居留时的风采了，然而人们却总以为用蜡像来复原某种生命才能达到栩栩如生的效果。于是我败兴地下楼，又尾随大家来到三毛茶楼。据说三毛曾在一九八九年仲春来到周庄，我们参观的正是三毛喝茶的地方。茶楼很小，桌凳比较古旧，墙壁上有三毛的巨幅黑白照片。我觉得三毛自缢时不该选择丝袜，而应该用自己的长发做绳索来结束自己，她的长发太美了。我坐在三毛茶楼小憩的一刻，石巷中忽然传来一阵泼辣的叫骂声。那是一个女人的声音，骂声朗朗，无拘无束，跟雨后的阳光一样自由洒脱。我从窗口探出头，见是一个梳短发、着白背心的微胖的中年女人倚着一家铺子的石墙在骂，她目光散漫，举止粗俗，一眼望去便知她是个痴呆。然而正是她这一通骂，使我觉得九百年前的周庄突然掉头回来了。这深深的石巷中有一种经久不息的痴语长风般地穿越了时空。我蓦然想起了沈万三的悲剧命运，他因“露富”而犯上，而痴人却不会因为“露痴”而遭贬谪。“痴”，向来被认为是一种无知，所以处于这一状态的人不管说出如何辛辣的话，都不会遭人嫉恨。难怪历史上有那么多名人因为突遭厄运而“佯痴”渡过难关，他们以一种消极的方式进行了内心最痛切的反抗。于是，就有了阮籍、嵇康的假意“癫狂”，有了明代大才子杨慎被流放云南后，酒后插花满头、穿巷而过使人疑为痴人的传说。“痴”是一种可以使心灵自由飞翔的生存状态，它像一座永远开着窗口的房屋，可以迎接八面来风。于是我便想，沈万三若是一个“痴人”，肯定会逃出朱元璋为他设置的“虎口”。但沈万三不是一介书生，而是财大气粗的商人，这决定了他不会佯痴来求生存。所以世上的英雄有两种：一种是叱咤风云、我行我素、把生命置之度外的人；一种是内敛激情、藏锋不露、能忍受奇耻大辱的人。而我更欣赏的是前者，因为他们像飞旋在阳光中的灰尘一样透明。

朱元璋在南京拥有一片绿意浓郁的山陵作为长眠之所，而沈万三则是“水冢”一座，葬于周庄的银子浜底。王者的灵魂在千秋万代后仍然可以在大地上浪漫地浮游，而沈万三的灵魂则永远湿漉漉地浸在水中，仿佛是在低低饮泣。

寻道都江堰

从羊脖岭流出的岷江，在没有都江堰前，性子是暴烈的，稍不如意，它就会挟着滚滚洪流，咆哮上岸，为害生灵。岷江两岸的百姓，饱受水患之苦。秦昭襄王三十一年，也就是公元前二七六年，蜀地迎来了一位在中国历史上空前绝后的郡守——李冰，他似乎是专为调理岷江的性情而来，历时十八年修建的都江堰，成为他的旷世杰作。从此后，岷江变得温顺了，它滋润的巴蜀大地，无有饥馑，仓廪殷实，稻谷飘香。

四月的川西平原，一派清明。这时节是可以不出太阳的，因为金黄的油菜花已经把田畴照亮了。淡淡的雾霭里，隐约见得鸟儿一闪一闪地掠过。它们的身影是暗淡、模糊的，但它们的叫声却是明朗、活泼的。看来大地上最知春的生灵，是它们啊。

参观都江堰水利工程时，太阳时隐时现着。忽明忽暗的天色，让视野中的岷江不停地变色。阳光照耀着它时，岷江是浅绿的，绿中还泛着微微的蓝；而天色阴郁时，岷江是青绿色的，绿中掺杂了淡淡的紫。不管岷江的颜色怎么变，有一点却是不变的，那就是它的清澈纯净！

这些年，关于被污染了的大江大河的报道，不断地见诸报端。所以能够看到水色灿烂、洋溢着芬芳之气的河流，我有一种惊喜的感觉。李冰正是握着岷江这饱蘸墨汁的笔，书写了人间奇迹。

都江堰的核心工程渠首，选择在岷江的自然弯道上。都江堰海拔七百多米，而成都平原的平均海拔在四百多米，形成了天然的坡降，得以进行自然灌溉。渠首主要由三部分组成：鱼嘴分水堤、宝瓶口引水口和飞沙堰溢洪道。鱼嘴将岷江分为内江和外江，内江流入川西平原，用于灌溉和人民的生活用水，外江泄洪排沙。内江进入宝瓶口后，就像一个少女被束了一条飘逸的腰带，使她的气质变得端庄典雅。因为人工开凿的宝瓶口，以其恰到好处的宽度，控制着进水量，使多余的水无法进入成都平原，而是经飞沙堰分流到外江。由于内江处于凹岸，外江处于凸岸，根据弯道的水流规律，表层水流向凹岸，底层水流向凸岸，自然把岷江中的沙石淘入外江，解决了排沙问题。而所有这一切，都是利用地势和水流的自然规律，并没有大动干戈，成为举世瞩目的无坝引水的典范。难怪二十世纪四十年代，日军准备炸毁都江堰时，当战机盘旋在半空，他们看到身下，只是欢腾的河水，并没有预想中的堤坝时，只能望河兴叹，悻悻而去。那空投下的几颗炸弹，只不过让岷江溅起了几朵灿烂的水花而已。

岷江流经的玉垒山上，有清幽的灵岩寺，还有为祭祀李冰父子而修的二王庙。山寺的桃花因为浸染了香火的幽香，而显得无比的清雅。站在宝瓶口，可以看见身下一棵粗大的皂角树，它斜斜地插在那儿，无比惊艳。这树大约有二十米高，分支繁复，树冠阔达。那嫩绿的叶片充满了勃勃生机，像一群飞翔着的翠鸟。我想疲惫的旅人站在这里，完全可以摘下几朵树上的皂角花，就着岷江水，洗去风尘。洗好的衣服晾晒在哪儿呢？自然是不远处飘荡在岷江上的安澜索桥了。据说，这座桥在唐代以前就存在了，它几经修缮，在明朝末年，毁于战火。由于这座桥是连接岷江南北两岸的“生命线”，没了它，两岸的通道也就断了。直到清嘉庆八年（1803），有一个叫何先德的乡绅，偕同妻子，重修索桥。等桥修好后，这个腰缠万贯的乡绅已经成为一个赤贫者。何先德夫妇把这桥命名为“安澜桥”，但后人感激他们的恩德，都叫它“夫妻桥”。川剧有个名段《夫妻桥》，说的就是这个故事。我从宝瓶口下来，沿着岷江逆行，踏上了安澜索桥。这座用木板和粗壮的棕绳捆扎的索桥，看上去就像荡在岷江上的一个巨大的秋千。那时恰好桥上没有行人，我晃晃悠悠地走到桥心时，俯身望着这条流了两千多年依然青春烂漫的河流，忍不住大声叹息了一声。那是一声最美好的满含着缅怀之情的叹息，我为李冰父子、何先德夫妇，为那些伟大的古人而感动。入夜，辗转难眠中，翻阅有关都江堰的书籍，这才知道花间派重要的词人韦庄就葬在都江堰的鱼嘴之侧。他的词我依稀记得的有“住在绿槐阴里，门临春水桥边”，“遇酒且呵呵，人生能几何”。我一时诗兴大发，胡涂乱抹了一首诗，把它抄在书的环衬上，以示纪念。

宝瓶口中插皂角，
玉垒山下播青稻。
索桥晒衣趁春好，
古寺听禅待月高。

离都江堰十几公里处，便是著名的道教的发祥地——青城山。一个午后，我们来到那里。由于先去后山看了一座古镇，所以到了青城山的山门时，已近黄昏。大多数人听说索道即将关闭，便选择在山下闲坐。我和几个人抱着一线希望，拾级而上，至月城湖，然后乘船过湖，上岸后赶上了末班的索道，终于在落日融融的时分如愿地踏入山顶的上清宫。据说道教的始祖太上老君，就是老子的化身。一部《道德经》，让老子流芳百世。拜谒青城山的人，有多少是为着寻道而来的呢？而“道”，真的在青城山中吗？

老子说，道法自然。看来真正的“道”，是顺应客观规律的。从这个意义上说，李冰是得道者。能够读懂都江堰，也就能够读懂老子的经书。至少对我来说，我要寻的“道”，不在青城山中，那不过是一个被香火缭绕的道场而已；而穿越了两千多年时光依然生机勃勃的都江堰，以其独特的光芒，成了我心中最庄严的道场。我愿意对它，一拜再拜。

飞向泥土的箭

我虽然第一次到新疆，但对它没有陌生感。它的太阳，与我故乡大兴安岭夏至前后的太阳太像了，对人间千般地不舍，迟迟不落。我曾在晚上八点钟，和几位朋友在伊犁河畔的一座八角亭里，看一对对盛装的新人，沐浴着阳光，在音乐和清风中翩翩起舞。看过了婚礼的热闹，九点钟吧，我又独自溜到果园摘杏了吃。而这个时刻的太阳，还明晃晃得如一面铜锣呢，惹得我直想往它身上投几个杏子，砸出点回音来。

除了这仿佛被施了魔法的太阳，其满面的青春气息让我熟悉，还有一块土地在我的意念中也是熟悉了的，那就是伊犁河南岸的察布查尔。

察布查尔，是锡伯语“粮仓”之意。而生活在这儿的锡伯人，是二百多年前从东北迁徙而来的。

锡伯人最初游猎于大兴安岭东麓，它的始祖是鲜卑人。两千年前，鲜卑人走出大兴安岭森林，挺进中原，中国历史上第一个由少数民族建立的北魏王朝登上了历史舞台，历时一百四十八年。在大兴安岭阿里河密林深处，有一个嘎仙洞，一九八〇年在石室内发现了石刻祝文，是北魏太武帝拓跋焘于公元四四三年派遣中书侍郎李敞祭祖时所刻的。这个神奇的洞窟，无疑是他们的“祖庙”。我曾在一九八六年探访过嘎仙洞，洞口呈三角形，洞内宽大幽深得如精心开凿的军备库，能容几辆卡车并行。我还记得抚摩了一下镌刻着祝文的石碑，其彻骨的阴凉至今难忘。那个年代，从中原到大兴安岭，快马也要走上十天半月的。拓跋焘得天下后不忘宗祖，让我对他油然而生敬佩之情。据史书记载，拓跋焘是一个骁勇善战的将军，他崇尚节俭，厌恶奢华，率军时赏罚分明，曾有“法者，朕与天下共之，何敢轻也”的至理名言。可惜这样的英雄，最终为手下的宦官所杀。看来自身的光芒过于耀眼了，刀剑的寒光逼近时，会难以辨析。而这混迹其中的不祥之光，往往跟毒蛇一样，看准时机，就会突然下口，熄灭一种大光明。于是，历史上也就有了一幕又一幕的黑暗时刻。

鲜卑后人的锡伯人，走出大兴安岭后，主要生活在松嫩平原和呼伦贝尔大草原上。他们骑马善射，英勇无畏。所以，当清朝的西部边疆频频受到外敌侵扰时，乾隆皇帝想到了他们，发动了伟大的“长征”，抽调了锡伯族官兵一千多人，连同他们的家眷，共计三千二百多人，于一七六四年的农历四月十八日，让集结在盛京（今沈阳）的他们，开始了西迁戍边。从沈阳到伊犁，如果在地图中画一条直线的话，是从东到西的一条漫长的线。二百多年前，倚赖马车牛车前行的他们，要穿越这样的一条线，其艰辛可想而知。他们一路风餐露宿，农历八月经由蒙古高原时，正遇上暴风雪，牲畜大批死亡，人员多有冻伤，军队不得不停下来休整，度过严冬。次年草返青后，他们从蒙古部落借了战马和骆驼，继续西行，谁知到达科布多时，恰逢阿尔泰山积雪融化，洪水阻隔，他们被迫停滞了两个月。由于粮草不足，不得不挖野菜充饥。即便这样，他们最终还是到达了伊犁。乾隆皇帝给他们西迁的期限是三年，而锡伯人用了不到一半时间。如果刨除被风雪和洪水围困的日子，这支队伍走完全程，仅仅用了半年多的时间，堪称奇迹！最让人震撼的是，队伍到达目的地时，人员不但没有减少，反而增加了，这其中就有在旅途中出生的三百多个婴孩！可以想见，在漆黑如墨的暴风雪的夜晚，在洪水泛滥的血色黎明，锡伯人身上涌动的那股原始的生命之泉，是多么的强旺。这样的民族，无疑是人间的牧歌天堂！

我们来到察布查尔的时候，是晚上七时许。参观锡伯族西迁纪念馆时，刚看完第一个展馆的西迁沙盘图，接待方就唤我们回返，说是当地的领导已经前往餐厅迎候，我们必须赶回去吃饭。我便与他们商量，能否容我们快速看完，只需一刻钟就行，谁知被斩钉截铁告知不可以。回到旅行车上，我再次央求，仍未果，于是倔脾气上来了，抬腿下车，不管不顾地，奔回纪念馆。令我感动的是，旅美学者查建英女士也随之下了车。我们走马观花地浏览了两个馆，看到的是一些兵器和生活用具，然后来到院子。那里有一个小型射箭场，两面靶子竖在草地上。查建英拉弓射箭，箭中靶上，欢呼雀跃；而我不得要领，几次拉弓，箭在弦上，始终不发。馆长便手把手教我，终于射出一箭，不过它没有飞向靶子，而是一头栽在泥土中，壁立于青草之间，仿佛它就是青草中的一员。

离开察布查尔后，我们去了喀什。从南疆返回乌鲁木齐时，恰好是七月五日的黄昏。我们入住宾馆不久，城区发生暴力恐怖事件的消息传来。在那个不眠之夜，我几次走到宾馆的院子，在高大的树丛中游魂似的飘来荡去。那个夜晚的声音和气味，把我的心撕裂了。我的心在滴血的时候，眼前不时闪现出那支飞向泥土的箭。我多么希望这世界上所有的刀，只在欢歌时屠宰牲畜才亮出锋刃；所有的石头，只为女人在河畔哼着歌谣捶打衣服而生；而所有的棍棒，不过是为了打落果园中高挂枝头的桃李。我多么希望，我射出的那支飞向泥土的箭，会在秋日的寒露中，与万物同枯，与血腥永别，在转年的春天，安然复苏为一棵清香四溢的草，做露珠的巢。

今日水犹寒

江苏南通的狼山，被誉为中国佛教的“八小名山”之一。传说古时候，有一只成精的白狼盘踞山头，为害生灵。大圣菩萨来到此山，欲借白狼“一衲”之地修行，白狼慨然应允。大圣菩萨凭借法力，在祭袈裟时令祥云满天飞，山上金光闪烁，最终袈裟将整座山都罩住了。白狼大骇，自知领地将失，痛悔不已。它在远遁他乡前提出一个要求，欲在此山留个名儿。于是，大圣菩萨就将这处宝地封为“狼山”。大圣菩萨以一衲之地，得万树千花；而白狼丧一衲之地，失却的是沧海桑田啊。看来造化的深浅，决定着气象的大小啊。

狼山不高，但因为忘了换旅游鞋，我选择了乘缆车上山。

缆车，其实就是“懒车”，它在给人带来便捷的同时，也把细致入微的风景掠去了。山上盛开的桃花和玉兰，在缆车下只是红红白白地一闪，就不见形影了，我那么轻易地就与它们灿烂的姿容和蓬勃的香气错过了。所以到山顶的寺庙拜过菩萨后，我想即使脚打了血泡，也要步行下山。

狼山脚下，是长江了。下山时，在每一处休憩处，都可以看见江水。大概由于这儿已是江之尾，海之头，所以江水既带着股入海的欣喜，又有即将脱离旧道的惆怅。它浩浩荡荡，苍苍茫茫。海纵然好，但过于广阔的它看不到江水流经之处常见的那种鸡犬相闻的人间景致，总让人觉得有些空寂和贫乏。看来大也有大的失落啊。

每走一程，我都要停下来，看看身后寺庙的飞檐，看看身前娇羞的桃花，看看身下的江水。与闹市毗邻的山，已没有清幽可言了。山路上随处可见茶肆和商铺，游人与商贩讨价还价的声音不绝于耳。不唯人声喧闹，香气也是喧闹的。香气中有香火的浓香，也有花儿的淡香，还有的呢，是往来的女人身上散发出的各色脂粉和香水的气味。这一波一波的香气朝你涌来，雅也罢，俗也罢，你都得嗅着啊。

就这么着走走停停，不觉已接近了山脚。看看时间尚早，我见旁边的一条小路上没有行人，就岔过去。然而刚踏上那条石板小路，就看见一块指示牌，上面写着“骆宾王墓”，并有前行的箭头标记。

骆宾王，不就是那个七岁时作了“鹅，鹅，鹅，曲项向天歌。白毛浮绿水，红掌拨清波”的神童吗？他是著名的“初唐四杰”之一，其《在狱咏蝉》中的“无人信高洁，谁为表予心”我一直铭记在心。

骆宾王的墓地怎么会在狼山？带着疑问，我踏上那条小路。路旁的草丛中点缀着星星一般的金黄色的野花，我顺手折了一枝，打算献给骆宾王。

山顶的寺庙香火旺盛，人声鼎沸，而骆宾王的墓前却是冷冷清清，一个游人都没有。看来从古到今，文人都是热闹处的冷点。这墓不是一座，而是连在一起的三座，骆宾王的居中，右边的是宋金将军墓，左边的是刘南庐墓。我对另两座墓室的主人是陌生的，所以只对着骆宾王的墓深深一拜，并献上那枝花。我在抬头的一瞬，只觉眼前光影浮动，好像一千多年前的时光幽幽回来了。

回到酒店，我翻阅关于狼山的资料，才对骆宾王墓有了大致了解。武则天专权时，徐敬业在扬州起兵，讨伐武则天，骆宾王代徐敬业拟写了檄文，其中的“一抔之土未干，六尺之孤安在”和“请看今日之域中，竟是谁家之天下”令武则天都为之动容，她慨叹：“宰相安得失此人！”为骆宾王的才华折服和惋惜。徐敬业兵败之后，骆宾王下落不明。《资治通鉴》说他与徐敬业同时被杀，《新唐书》说他“亡命不知所之”，民间还流传着他投江自尽和遁入空门等说法。

南通的骆宾王墓，发现于明朝。说是南通郊区一个姓曹的农民在城北黄泥口开荒掘地，发现一座墓，墓碑上写着“唐骆宾王之墓”，他打开墓一看，见一人“衣冠如新，少顷即灭”。农民吓坏了，他怕被人告发他盗墓，就把墓碑打碎，扔回原处。两百多年后，军山有个处士叫刘名芳，字南庐，他听说这件事后，专程去黄泥口寻觅，发现骆宾王墓一半浸在水中。他掘得一块断碑，上面有“唐骆”二字，刘名芳便向通州知州建议，将骆宾王的墓迁至狼山。如果这一切是真实的话，那么兵败之后，骆宾王隐姓埋名活了下来，最后他死于南通。而与骆宾王为邻的金应将军，是文天祥最忠实的部下，他是在旅途中，客死南通的。

这三位墓主，一个生于唐朝，一个生于宋朝，还有一个是清朝。他们一个是一代诗杰，一个是将军，一个是布衣。他们生不同时，死却同处。看来人可以有千万种的来处，归途却只有一个。他们在狼山赏佛乐，听涛声，生前的荣辱悲欢，想必早已化为清风了。

其实我拜谒的墓下，所埋之骨是不是骆宾王的，已经不重要了。在我想来，骆宾王的魂灵是诗，而诗魂是可以葬在云中，葬在波涛中，葬在月光中，葬在落花声里的。只要我们还爱恋着山川河流，日月星辰，就可以与他的魂灵相逢。我很喜欢骆宾王《于易水送人》中的两句诗：“昔时人已没，今日水犹寒。”能够在这么精短的句子中，把人生的冷暖写到极致，古往今来，又有几人呢？

从此岸到彼岸

佛山因曾出土过三尊唐代的铜佛，又名“禅城”。有禅之地，其意空灵。这儿的山水有几分仙气，民俗也充满了宗教意味。行通济，是佛山最具禅意的风俗了。

通济是一座桥。这桥非同一般，据说每年的元宵节，只要你在通济桥上走了一遭，就会安康幸福，无疾无忧。按当地人的说法就是：“行通济，无闭翳。”

这一风俗有近四百年的历史了。它像一束古老的月光，穿越了漫漫时空，安详地照拂着尘世中的人们。通济桥始建于明代，最早是木桥。木易朽烂，所以它在明代就历经了三次重修。到了清代，木桥被改建成木石拱桥。新中国成立后，它又脱胎换骨，成了钢筋混凝土的拱桥。从通济桥材质的变换可以看得出来，我们经历了从农业文明到工业文明的进程，或者说我们是由柔软走向了坚硬。不管桥怎么变，在老百姓的心目中，它一直充当着诺亚方舟的角色，救苦救难，普度众生。桥上绵绵不绝的足印，就是人类祈祷的心声。

元宵节是我的生日。在北方，飞雪和寒流，通常是我生日的两道流苏。而在南方，斑斓的花树做了生日最天然的蜡烛，点燃这蜡烛的，是唱春的鸟儿那如火的目光。

此次在异地过生日，是为了参加“新乡土文学征文大赛”的颁奖礼。当我坐在台下，聆听我喜爱的配音演员童自荣先生和姚锡娟女士朗诵我的获奖作品《花牤子的春天》的片段时，我陶醉了。童自荣先生演绎的那个魅力非凡的独行侠——佐罗，曾是我少女时崇拜的偶像。是童先生的声音让法国的阿兰·德龙在中国家喻户晓。我在鲁迅文学院求学时，曾买过童自荣先生的诗词朗诵磁带。他的声音与另一位我喜爱的歌唱家的声音有相似之处，那就是世界三大男高音之一的卡雷拉斯，极富磁性，在纯净中透着妖娆之气，刚毅而柔美，不可抗拒。这样的声音于我来说，就是最好的生日礼物了。

颁奖典礼结束，晚宴后，与会的朋友们手持彩色风车，赶往通济桥。

天已黑了，乌云翻卷着，空气有些沉闷。虽然还没有到

“行通济”的高潮上，但桥前已是万头攒动，交警在各个路口把持着，疏导人流。桥上灯火璀璨，人们除了拿着风车和风铃，有的还抱着一捆生菜，意谓“生财”。人群中有白发苍苍的阿婆，也有骑在父亲脖子上的小娃娃。人们喜气洋洋的，怀着各自的期盼，缓缓走过通济桥。据说，行通济要从桥头一直走到桥尾，也就是由北岸直达南岸，中间不能折返，否则不吉利。桥长不过三十二米，若在平素，即便慢行，一两分钟也会通过了。但在元宵节的晚上，行通济，起码要花上五分钟，甚至更长。看来幸福是需要一步三叹的。

在摩肩接踵的人丛中，忽听周围的人说：上了通济桥了！我把风车举高，上了桥。也许是空气太闷，风车蔫头蔫脑的，并不旋转。我在桥上听不见流水，更看不见月光，感受到的只是无与伦比的喧闹。麦加的朝圣，曾屡屡发生踩踏事件。朝拜是神圣的，也是危险的，所以我留神着脚下的路。据说，行通济的时候，若是在心中许愿，会很灵验。我没有许任何愿望，在我看来，能够自如地走路，不论是什么样的路，都是福。桥，其实是人间的路上的一个破折号，在它下面，注定会缀着密密麻麻的人生注解。人实在是太多，我根本没有看清这桥的模样，就被人簇拥着，在朦胧的喜悦中过了桥。

说来奇怪，过了桥，天就落雨了。不过这雨轻描淡写的，只是寥寥几滴，空气好了起来。风起了，风车乐了，那红色和金黄色的风轮在我眼前唰唰地旋转，五光十色，绚丽极了。从北岸到南岸，其实是从人生的此岸到了彼岸，未敢说把烦恼和忧愁一扫而光，但在万民祈福的时刻，我还是感受到了天人合一的和谐，感受到了超凡脱俗的快乐。

立地成佛者，从此岸到彼岸，只是一瞬；而苦苦修行者，从此岸到彼岸，则需百年。我有七情六欲，想必到达澄澈的彼岸，还有待时日吧。能够从通济桥上走一回，其实是对人生境界的一种提升，也是对自我的一个反省。我庆幸在我四十三岁生日的这一天，能在热闹中体味寂静之美，能在风雨中无悔地回顾从前。

元宵节的次日，我到珠江电视台录制“飞鸿茶居”的文化访谈节目，主持人对我说，行通济，如果连行三年，则会一生安泰。他问我明年和后年的元宵节，会不会再来佛山走通济。我几乎是不假思索地回答，其实我已经走了三次。元宵节的晚上，我现实地走了一遍；过了桥后，我回望了通济桥，用目光又走了一回；晚上，我在睡梦中见到它，等于在梦想中第三次行通济桥。所以，我已不需要我的肉身再去走两次了。

如此说来，从此岸到彼岸，是有多种的抵达途径啊。

山水豆花

食物与人一样，是有禀性的。都说“江山难改，禀性难移”，那是就人而言的；食物呢，它们有着“入乡随俗”的禀性，随着环境的变化，会微妙地改变风味。从这个道理来说，人是硬的，食物是柔软的。

我对香港美食的记忆，不是尖沙咀酒楼中的生猛海鲜，亦不是铜锣湾烧味店里被熏制得流蜜似的肉食，而是寻常的山水豆花。

原以为香港是个缺乏野趣的地方，其实不然。

从九龙的钻石山出发，乘坐一个小时的大巴车，便摆脱了都市的喧嚣，到了清幽的西贡渔港。从这里再乘半小时的计程车，便到了山脚下。

这个地方叫大浪湾，是个有山有海的地方。

当一座座山横在你面前，且看不见人烟的时候，这些山就是一本被风掀开了书页的大书，撩起了人阅读的欲望。

虽然我曾登过华山和黄山，又生长在山区，但由于十几年没有登山了，所以一开始很担心自己会掉队。香港的朋友吓唬我，说是山中潜藏着一些偷渡客，他们看见独行者，往往会从树丛中蹿出打劫。所以从迈向第一级石阶开始，我就紧紧地跟随着队伍。同行的两位美国作家是登山爱好者，他们登过很多世界名山，海拔不足千米的山在他们眼里就是小菜一碟，不在话下。他们健步如飞，走在最前。两位来自非洲的作家体力充沛，他们身体的柔韧性好，登山如同舞蹈，轻松而优雅。而我和浸会大学的钟铃教授，走了半小时便气喘吁吁，汗如雨下。好在台湾作家刘克襄有谦谦君子风度，陪伴我们走在最后。

十月底了，香港的太阳仍然火辣辣的。蜿蜒起伏的石阶宛如大海抛出的一条长长的浪花，在山中明亮地闪烁着。逢到林木茂盛的地方，就有难得的阴凉，能缓释行山时的疲劳；而石阶暴露在草木稀疏的向阳山坡上时，脊背就有被灼伤的感觉，好像背着火炉在走。

一个半小时后，第一座山终于被甩在身后，我们看到了人烟，一座依山傍海的客栈。远远地，就听见了主人殷勤的召唤声。我们散坐在凉棚下歇脚，点了客栈的招牌吃食：山水豆花。

它们被装在方方正正的硬塑盒中，储藏在冰箱中。店主人把它们拿到桌子上时，其身上的冷气与热气在刹那间融合，产生了一层细密的水珠，覆盖在山水豆花的薄膜上。揭开薄膜，随着水珠滑落，你看到的就是雨过天晴的情景：一块又白又嫩的豆花，像一朵初绽的白玉兰，鲜润明媚地看着你！豆花的原料是黄豆，它是由盐卤点化豆浆而成的半固体，细腻柔软。用一次性的塑料调羹轻轻一挖，一块豆花就荡进调羹，看上去莹白如玉。豆花凉爽滑腻，入口即化。细细品来，它的清香不完全是豆子被研磨后迸出的香气，它还沾染了山中草木的气息，因而那清香是别致的。一份豆花落肚，疲劳感一扫而空，说不出的惬意和滋润。我实在爱极了这吃食，又叫了一份，这次不是原汁原味地吃，而是像别人一样，佐以含糖的姜汁。这份豆花虽然也好吃，但是淋了姜汁的豆花，味道还是俗了些。

两份豆花，给我增添了无穷的力气。再次上路时，脚步就轻快了。我不再落伍，而是走在前面了。开始时是尾随着行进在最前面的人，后来与他们渐渐拉开一段距离，为的是独行的那份快乐。好像人一有了力气，胆量也大了，我不再惧怕山中会跳出什么劫匪。我在溪畔驻足，观赏水中的游鱼；我在半山腰那白色的茶花和红色的扶桑前放慢脚步，看大团大团的花朵如何含着阳光绽放。突然，树丛传来“哗哗——”的声响，枝叶摇曳，我心下一惊，抬眼一望，原来是一只毛头小猴，正在树间戏耍呢！

两份山水豆花，使我在余下的两个半小时的行山中精神饱满，兴致盎然。直到下得山来，到了海边，也没有疲惫的感觉。

十月的最后一天，我们乘船去了大屿山的一个小海岛。

这个小岛居住的都是打鱼人，他们是香港原住民的后代。他们住的房屋很有特点，一座座灰色的棚屋就建在水上，支撑棚屋的水泥石柱裹着海草，很多棚屋上落着鹭鸶。住在棚屋的人，出门乘船，归家也乘船。晚上，他们是枕着海涛入梦的。香港政府为渔民盖了新房子，可他们还是喜欢老式的棚屋，不肯迁出。我站在石拱桥上，看归来的渔船。有的渔船是大丰收，鱼儿满舱；有的则收获平平，不过几斤小杂鱼。打鱼人站在船头，都黑瘦黑瘦的。不管收获大小，他们脸上的表情都是平和的。

我们在小岛的石街中闲逛，看形形色色晒干了的海产品。不知谁说，这里的山水豆花很好吃，于是一行人踅进一家小店。女主人很热情地推荐她店里的其他小吃，可我对山水豆花情有独钟，只点了它。它上来了，仍然是那么的凉爽滑腻，那么入口。不同的是它有着微微的咸腥气，好像它是一艘白轮船，刚刚出海归来。

直到此时，我才恍然明白山水豆花中“山水”的含义。这是一种与大自然最有亲和力的食物，在西贡的山中，我品尝的豆花中有山的气息；而在大屿山的小岛上，它则裹挟着海水的气息。这样浸润着山水精华的食物，无疑是有魂灵的。谁又能忘怀有魂灵的食物呢！

苍苍琴

我最早聆听的琴声，是小提琴。

童年在小山村时，清晨时分，要是父亲唤我们起床得不到响应的话，他会动用两大法宝，把懒睡的我叫出被窝。这两大法宝是：狗和小提琴。

父亲会把屋门敞开，将在院子中守完夜的狗放进我的睡房，狗摇头摆尾地进来后，欢天喜地地把两只前爪搭在炕沿儿上，伸出柔软的舌头，哼哧哼哧地舔我的脸，直到把我舔醒。

要么，父亲会取下挂在墙上的小提琴，站在炕前，有板有眼地拉起来。琴声如黎明之船，驶入我昏沉的睡眠里，将我照亮。当我睁开眼的时候，琴声还在继续，玻璃窗上弥漫着朝霞，好像朝霞也喜欢琴声，特意从天庭飞来听琴。

我对琴声的记忆，与“苏醒”就分不开了。在我心目中，琴声就是林间的流水，能让人提神醒脑；琴声更是田野的清风，带给人温柔的心境。这样与朝阳为伴的琴声，无疑是年轻的、活泼的、富有朝气的。

成年以后，尽管我在音乐厅欣赏过名家演奏的小提琴，但感觉总不如童年听到的琴声美妙。细究起来，不是父亲的琴拉得好，而是因为琴声的出现依托着朴素的板夹泥房屋，依托着红彤彤的朝霞，依托着青葱的菜园和纯净的空气，依托着一颗少年的心，因而显得格外有韵致。

在交响乐中，我总能从笛、笙、号等管乐器，以及锣鼓、木鱼等打击乐器中，感受到小提琴强大的存在。交响乐离开它，如同一个人被剥离了心脏，是没有生命力的。由于爱它，连带着喜欢上了其他的弦乐器，如琵琶、胡琴等。那一根根琴弦在我眼中就是汩汩流水，丝丝晨风，缕缕月光，袅袅炊烟。

现存的世界上最古老的琴，是古琴吧。古人的诗词歌赋中，常常出现“瑶琴”的字眼，说的就是它。我最早认识古琴，是一九九四年在云南丽江的玉龙雪山脚下。中秋节的晚上，一行人在大研古镇听老人们演奏洞经音乐。洞经音乐如同仙乐，至美至纯。在幽幽的丝竹声中，你能清晰地辨出古琴清丽的影子。古琴声宛如落在水面的星光，宛如生长在花蕾中的晨露，给整首乐曲带来湿润、清新的气象。据说有张古琴，有几百年的历史。它似乎还裹挟着旧时代梅花的苦香气，说不出的风雅。

我与古琴这一别，竟是十多年。

去年十一月，在香港城市大学的惠卿剧院，我又与古琴相逢。城市大学举办了一场古琴演奏会，请来了国内演奏古琴的名家。那天剧院爆满，作为主持人的城市大学中国文化研究中心主任郑培凯教授，特意穿上了一件灰色的长袍。演奏开始了，首先出场的是丁承运先生，他是武汉音乐学院的教授，他首演的曲目是《白雪》。尽管剧场很安静，音响效果也不错，可是几百人的呼吸声聚合在一起，还是弱化了琴声，虽然古琴传达的是那种旷古的美感，但在大剧场听起来，它还是显得寥落了。第二个出场的，是李祥霆先生，也许由于他是辽源人的缘故，他的《流水》和《幽兰》，粗犷豪放，如同一阵急雨，沁人肺腑，声声入耳。然而接下来的几位，又回到了初始的风格，尽管他们在演奏上无可挑剔，弹奏的又是名曲，如《忘忧》《平沙落雁》《长门怨》等，可是却缺少那种摄人魂魄的力量。未等曲终，与我同去的几位外国作家，有两位提前离座，一位酣然入睡。只有坐在我身旁的尼日利亚作家阿基耶拿，始终饶有兴味地欣赏着。演奏间隙，阿基耶拿问我，迟，你最喜欢哪一曲？我说最喜欢第二个人的演奏，他兴奋地叫道：我也喜欢他！看来李祥霆那苍凉雄浑的琴风，与尼日利亚大地上回荡的风是相似的。

这次演奏会，总感觉不如在丽江与古琴初识时来得惬意，究其原因，当年我听到的古琴，是裹挟在笙、笛和胡拨等乐器声中的。古琴有了唱和的，气势就大了。而且，那次欣赏洞经音乐时，坐在草墩上，手中又有高山雪茶在握。而在惠卿剧院听到的古琴，是在大剧场不说，古琴还是单枪匹马地出场，剧场偶有的咳嗽声和手提电话的铃音，都伤害了音乐的品质。我想古琴的独奏，最适合的场所还是在大自然中，在林中溪畔，在鸟语和落花声里。听众不需多，三五人，散坐在石头上。抚琴者完全可以把琴置于膝上，与松涛和流水唱和。由此说来，真正的风雅是私人化的。难怪王维在《竹里馆》里这样写道：“独坐幽篁里，弹琴复长啸。深林人不知，明月来相照。”

联合国教科文组织在二〇〇三年把古琴列为世界文化遗产，古琴由此成为世上最苍老的琴。它们很难再回到曾让它们无比灿烂的那个时代，它们在日新月异的时代里落落寡合。但它们是巍峨的，如同冰山，风骨依然，难以征服。这样的琴哪怕有一天消失了，它留给天地间的，也是最美的一抹斜阳！

光明
于低头的
一瞬

光明的获得不是在仰望的时刻，而是于低头的一瞬。

尼亚加拉的彩虹

自从爱人初春因车祸而永久地离开了我，我推掉了所有笔会的邀请，在哈尔滨独自待了四个月。盛夏最热的几天，我却觉得周身寒冷，穿着很厚的衣服枯坐在书房中，这时我懂得了什么叫“凄凉”。面对着市井的嘈杂之声，我第一次觉得世界仿佛与我无关了。有那么一段时间，我不敢接电话（怕别人安慰我），不敢上街（几乎每一条街都留下了我们共同走过的足迹），更不敢上商场（我仍能清晰记得在哪家商场为他买过格子衬衫，在哪家商场为他买过鞋和裤子）。我终日流泪，沉浸在对往昔温馨生活的回忆中，以至于眼痛得无法看书。以前我很少做噩梦，可那一段时间噩梦连连，有好几次我惊叫着在深夜中醒来，抚摩着旁边那只空荡荡的枕头，觉得自己是那么的孤立无援。

我知道人死不能复生的道理，也知道我必须要直面这突变，勇敢地活下去。于是，渐渐地，我能够接电话了，能够拿起笔来写作了，能够在傍晚时去夕阳笼罩的街道上散步了。我记得他去世后我在一个雨天第一次拿起笔来，为自己即将出版的新书作跋时，只写了一行字就泪流满面。那支笔是爱人送我的结婚礼物，婚后四年我一直用它来写作。笔犹在，人已去！命运的风云突变让我更加珍爱这支笔：爱人都会别我而去，而它却永远不会抛弃我。

文坛的朋友们纷纷打来电话，约我出去散心，均被我一一谢绝了。我想我应该正视发生的这一切，离开哈尔滨意味着“逃离”，而我今后必须还要走我们曾走过的街道，还要去我们曾去过的商场，还要到我们曾举杯共饮的餐馆，我不能把这曾十分熟悉的日常生活统统排斥在我的未来生活之外，这不现实，也不人道。于是，拾笔写作之后，我鼓励自己逛商场、散步，虽然我常常在经过某个街角时会心痛得无法自持。

整整四个月我没有外出。这在我的生活中是从未有过的。我的精神状态和身体状态糟糕到了极点。我害怕见到人，害怕放下笔来回到现实的那个瞬间。所以，当我受邀去加拿大参加国际作家节时，犹豫了好几天才确定可以出去。谁也不会想到，我去那里，其实只是为了重温尼亚加拉大瀑布曾带给我的震撼和感动。

一九九七年我访问美国时，曾对三处自然景观情有独钟：大西洋城的广阔沙滩、科罗拉多大峡谷壁立着的深赭色的岩石和奔腾咆哮的尼亚加拉大瀑布。

尼亚加拉大瀑布是世界著名的三大瀑布之一，位于北美的伊利湖和安大略湖之间的尼亚加拉河上。河水在前流的过程中由于地势陡然降低，形成了一处宽约一千二百多米、落差达五十余米的瀑布。这瀑布主要有两处，一处在美国境内，称“亚美利亚瀑布”，规模较小；而另一处“马蹄形瀑布”在加拿大境内，宽近八百米，气势恢宏。当年，我曾跟随游艇经由美国瀑布靠近加拿大瀑布，深深记忆着瀑布一泻而下时水珠四溅、水鸟翻飞、彩虹凌空而起的那个激动人心的画面。那时，我曾在连接美加两国的彩虹桥上拍了许多大瀑布的照片，想着有朝一日赴加拿大时，一定再来看这片瀑布。

飞抵加拿大后，我才知道国际笔会十几天的活动主要安排在首都渥太华，主办方并没有安排去多伦多的行程。会议像海边的空气一样自由松散，我有充足的时间逛街，在运河畔晒太阳，看着黑色的松鼠在草坪上不绝如缕地跑来跑去。夜晚坐在街头的露天酒吧中与友人共饮葡萄酒时，感受着湿润而清凉的晚风，也觉无比惬意。只是如果不去看尼亚加拉大瀑布，总觉得辜负了这次远涉重洋的旅行。于是，我跟代表团团长蒋子龙先生建议，去多伦多看一次大瀑布吧。同行的徐小斌和周大新也积极响应。在蒋子龙和钮保国的努力下，我心仪已久的尼亚加拉之行终于成为了现实。

我们乘火车从渥太华去多伦多。出发时天还未亮，可见一轮圆月挂在天际（前一天恰是中国传统的中秋节）。火车行进了一个小时左右，天渐渐亮了。朝窗外望去，一侧是山冈上起伏的枫树，一侧则是泛着黝蓝光泽的波光浩渺的安大略湖。我们乘坐在头等车厢中，享受着比在国际航班中还要优质的服务。主食中的鱼佐以葡萄美酒，让我们那五小时的旅行格外地温馨怡人。

火车抵达多伦多后，前来接站的蒋子龙的天津同乡郭善群先生对我们说，你们今天来得正是时候，昨天多伦多还在下雨。我明白他这话的含意，那就是雨天中看瀑布只能看到一团迷雾，而晴天观瀑才能一览无余。游瀑布心切，我们直接上了郭先生提供的面包车，奔赴尼亚加拉。

两小时之后，我已经登上了观赏大瀑布的游艇。同五年前在美国一样，我罩上了天蓝色的雨披，以防船接近瀑布时飞溅的水花会打湿衣衫。

游船先从美国瀑布前经过，然后逐渐向右转，逼近加拿大境内的马蹄形瀑布。在船上，我脱离了同行者，站在船舷的最前沿，直接感受扑面而来的风和飞珠溅玉般的晶莹而清凉的水滴。在我的身后，一对新人正在举行别具一格的婚礼。为新郎新娘证婚的，就是这壮阔的尼亚加拉大瀑布。那一瞬间我突发奇想，如果让我爱人的葬礼在这瀑布旁举行，那对我该是多大的安慰啊！我愿意让他的肉体消失在水汽蒸腾、汪洋恣肆、洁净而明亮的瀑布里，而不是火葬场那肮脏的焚尸炉里！可是人类永远都把出生看得比死亡要庄重，好像死是“不洁”的，殊不知“死亡”在有些时候也是对生命的一种礼赞！譬如这瀑布，在我看来就是水的最壮丽的死亡，它们沿着尼亚加拉河一路缓缓走来，等待的也许正是这个俯冲而下、与云相接的时刻！

在马蹄形大瀑布前，我的心无比地忧伤，又无比地空阔，那一瞬间我泪如泉涌。我双手合十，对着瀑布默默地说：如果我的爱人去了天堂，请让彩虹出现吧！然而直到我回到岸上，彩虹却是了无痕迹。而五年之前，我在美国瀑布前却看到了妖娆的彩虹，这不禁使我怅怅然。我想是不是午后的缘故，抑或节气已至深秋，彩虹才不肯出现呢？

正当我在岸边踌躇漫步时，突然，我发现瀑布上空呈现了一道弓形的微黄的光影，我意识到彩虹就要生成，连忙驻足眺望。很快，那彩虹的形状和颜色变得越来越完满和深重，只短短几分钟的时间，彩虹已横跨瀑布，傲然屹立在晴空之下！我的内心一阵狂喜，不是因为彩虹本身，而是因为我面对瀑布的那个暗中祈求的兑现。如今彩虹圆圆满满地出现，我确信我的爱人是去了他所理想的净土——他一直渴望着的与世无争的、远离人间种种龌龊的和平的家园。这彩虹使我获得了莫大的温情和安慰。我想让同伴拍下我与彩虹同在的那个瞬间，然而恰在此时，相机卡了壳。我陡然联想起爱人出事的前两天，我和他在公园欲在盛开的桃花下拍一张合影时，相机同样卡了壳。它们是同一台相机。在出国前，我带它时还犹豫了一番。没想到它一路上安然无恙，偏偏在彩虹出现之时卡了壳。我顿然醒悟：爱人是不是不想让我与虚幻之物合影？桃花虽然艳丽，但它极易衰落；彩虹虽然绚丽，但它却已是天上之物。我明白世上但凡美好的事物，是最容易遭受摧残的。美好只是惊鸿一现，转瞬即会化为云烟。果然，没有多久，那道彩虹袅袅消失。留给我的，是大瀑布永不消失的轰鸣声。

我想大瀑布是永恒的。人类引以为贵的黄金宝石豪宅名车最后都会变为垃圾；人类引以为尊的权位和利益也终会化为虚无。只有大瀑布，它会上接天际之彩虹，下引地上之流泉，永存于天地之间。大瀑布就是天堂垂下的一块银白的幕布，等待芸芸众生在其上演出人间的悲喜剧。我甚至觉得，这块幕布就是步入天堂或跌入地狱之门的试金石，天地有灵，一些卑鄙苟且之人即使能在这个物欲横流的年代逃得过人间的审判，最终也逃不过天的审判。

从加拿大归来，我的心中满漾着那道尼亚加拉大瀑布上空的彩虹，我可以安然地继续平凡而朴素的生活了。我知道我的爱人不喜欢我总在泪水中度日，那么在此我想对他说：曾经拥有，不再遗憾。世界很大，但真正能留在我心底的，只不过是故乡的风景。我能相识千千万万个人，但他们在我的生命中大都只是匆匆过客，真正能留在我心底的，也不过一两个人。你已深深地留在了我的心底，愿你在彩虹的国度里永生吧！

大西洋城

美国有两座闻名于世的赌城：拉斯维加斯和大西洋城。前者建立在黄沙滚滚的沙漠中，而后者则依傍着茫茫无际的大西洋。人们都说“小赌怡情、大赌乱性”，在我看来，热浪袭人的拉斯维加斯适于“大赌”，而大西洋城因为其清幽最宜于“小赌”。

拉斯维加斯之所以适于“大赌”，是因为户外酷热难当，没有哪一个傻瓜会在灼人的沙漠中散步发“思古之幽情”，所以最应该做的就是躲进赌场“豪赌”。赌到夜深或者黎明时分，绝大多数人是头脑发木、囊空如洗的，于是便把最后的赌注下到女人身上。拉斯维加斯四散的妓女彩印广告便派上了用场，所谓“大赌乱性”也。拉斯维加斯总是使人处于极端的“亢奋”状态，所以著名的拳击赛常常在那里的米高梅大饭店举行，我甚至觉得赌场乐池中黑人歌手的演唱也带着不同寻常的狂热表情，一如沙漠中那些碧绿却带刺的仙人掌一样，给人一种热辣而刺人的感觉。而大西洋城则不一样，虽然它也是赌场遍布，但因为空气清爽宜人，且又有世界上最长的木板长堤蜿蜒在大西洋岸边，你怎么能只是躲在赌场里昏天黑地地下赌注呢？

大西洋城是美国小姐的选美场地，这种浪迹天涯的地理环境中选出的美肯定具有惊世骇俗的魅力。只是选出的美女会成为在艺术上颇有造诣的光彩照人的大明星，还是沦落为拉斯维加斯子夜时分四处飘扬的妓女广告上的人选，也未可知。因为美是一种最易走向极端的事物，它具有冰山般拒绝一切尘俗的天然气质，也有飘零无助走向泥潭的禀性。美在渴望俘虏什么的同时也使自己成为囚徒。来大西洋城参加选美的少女是否能始终如一地拥有阳光般的微笑，确实是一个未知数。

拉斯维加斯的夜晚以其变幻莫测的灯光世界而闻名于世。那灯光把色彩发挥得淋漓尽致，极像是沙漠中跳跃着的奔放的音符。而大西洋城的灯光则相对单纯得多，岸边的木板长堤的路灯以奶白色为主，它与夜幕下的大西洋海水极为吻合。徜徉在长堤一侧的铺子里，甚至觉得那铺子也有一种非同寻常的清爽气息，每样商品都给人一种爱不释手的感觉。我看见许多对情侣相依偎在木质长堤上缓缓散步，海鸥就在他们头顶飞来飞去，空气中有一股动人的海腥味。你会觉得美好的生活正像新鲜的海蟹一样四处游走，它们也许会在你漫不经心中就夹住了你的脚，使你被幸福击中。

来大西洋城的游客看上去心境都很恬淡，这从他们慢条斯理的步态上可以看出来。他们当中不乏腰缠万贯的富翁，也不乏衣食丰裕的中产阶级和辛苦奔波的小业主。他们来这里的目的就是放松和休息。于是，赌场高大的水晶吊灯下就有数不清的赌桌吸引着渴望获得愉悦的人，老虎机吞吃美分的叮当声像海潮一样汹涌而来。我在大西洋城的那个深夜用纸杯托着沉甸甸的美分筹码，轻松地穿行于一台台老虎机之间，分别给它们殷勤下注。有时那老虎机很饥饿，一连吃下你一大堆美分也不肯赏赐一个硬币出来，而有的老虎机则很有菩萨心肠，你只喂它一枚硬币，它就“哗哗哗”地勃然吐出几十个硬币“涌泉”相报于你，令人开心不已。大西洋城的那个深夜，我确实尝到了“小赌怡情”的滋味，它无疑成了我美国之行最令人留恋的夜晚。

在沙漠之城的拉斯维加斯赌博，人们会把本钱全部输光方才罢休。而在大西洋城，因为有良好的空气和干干净净的海水可以令人亲近，所以来这里的人的赌兴会不由自主地减淡。海水送上来一股持之以恒的清幽的旋律，当我一个人漫步海滩时，我知道那是海与我亲昵的交谈声。它萦绕着你，比爱人的话语还要长久，因为大西洋有一颗永不衰竭的心。

离开大西洋城的那天清晨，我到岸边拍照与它道别。走在沙滩上，望着渺茫又渺茫的海水，看着广大的阳光在水面上空阔地起舞，内心有一种曼妙的伤感。我想掬一捧清风作为纪念带回故土，可清风更喜欢与鸟语为伴。我还想择一根青丝放入海水中，让它尽情地随波漂荡——既然自己的身体做了心灵的囚徒，何不让头发做自由的精灵呢？然而我又怕白发苍苍再来这里时，会寻不回这根乌泽发亮的青丝而怀疑自己是否拥有过青春，于是只是请一位冲浪人为我拍下一帧照片：我坐在细沙弥漫的沙滩上，周围是人类留下的足迹，而背后大西洋的粼粼波光则像是上帝的足迹在闪闪发光。虽然没有一滴海水溅入我眼底，但我的内心却泛滥着潮涌般的激情。

我还会去大西洋城的，但愿是与相爱的人一同去。

光明于低头的一瞬

俄罗斯的教堂，与街头随处可见的人物雕像一样多。雕像大多是这个民族历史上各个阶层的伟大人物。大理石、青铜、石膏雕刻着的无一不是人物肉身的姿态，其音容笑貌，在各色材质中如花朵一样绽放。至于这躯壳里的灵魂去了哪里，只有上帝知道了。

莫斯科与圣彼得堡那几座著名的东正教堂，并没有给我留下太美好的印象，因为它们太富丽堂皇了。五彩壁龛中供奉的圣像无一不是镀金的，《圣经》故事的壁画绚丽得让人眼晕，支撑教堂的柱子也是描金勾银，充满奢华之气。宗教是朴素的，我总觉得教堂的氛围与宗教精神有点相悖。

即使这样，我还是在教堂中领略到了俗世中难以感受到的清凉与圣洁之气。比如安静地在圣洗盆前排着长队等待施洗的人，在布道台上神情凝重地清唱赞美诗的教士。但是这些感动与我在一座小教堂中遇见扫烛油的老妇人相比，就微不足道了。

莫斯科的东南方向，有一座被森林和草原环绕的小城——弗拉基米尔，城边有一座教堂，里面有俄罗斯大画师安德烈·鲁勃廖夫的壁画作品。我看过关于这位画师的传记电影，所以相逢他的壁画，有一种惊喜的感觉。教堂里参观的人并不多，我仰着脖子，看安德烈·鲁勃廖夫留在拱顶的画作。同样是画基督，他的用色是单纯的，赭黄占据了大部分空间，仿佛又老又旧的夕照在弥漫。人物的形态如刀削般直立，其庄严感一览无余，是宗教类壁画中的翘楚。我在心底慨叹：毕竟是大画师啊，敢于用单一的色彩、简约的线条来描绘人物。

透过这些画作，我看到了安德烈·鲁勃廖夫故乡的泥土、树木、河流、风雨雷电和那一缕缕炊烟，没有它们的滋养，是不可能有这种深沉朴素的艺术的。

就在我收回目光，满怀感慨地低下头来的一瞬，我被另一幅画面打动了：有一位裹着头巾的老妇人，正在安静地打扫着凝结在祭坛下面的烛油！

她起码有六十岁了，她扫烛油时腰是佝偻的，直身的时候腰仍然是佝偻的，足见她承受了岁月的沧桑和重负。她身穿灰蓝色的长袍，戴着蓝色的暗花头巾，一手握着一把小铁铲，一手提着笤帚，脚畔放着盛烛油的撮子，一丝不苟地打扫着烛油。她像是一个虔诚的教徒，面色白皙，眼窝深陷，脸颊有两道深深的半月形皱纹，微微抿着嘴，表情沉静。教堂里偶尔有游客经过，她绝不张望一眼，而是耐心细致地铲着烛油，待它们聚集到一定程度后，用笤帚扫到铁铲里，倒在撮子中。她做这活儿的时候是那么虔诚，手中的工具没有发出一声刺耳的响声，她大概是怕惊扰了上帝吧——虽然说几个世纪以来，上帝不断听到刀戈相击的声音，听到枪炮声中贫民的哀号。

我悄悄地站在老妇人的侧面，看着祭坛，看着祭坛下的她。以她的年龄，还在教堂里做着清扫的事务，其家境大约是贫寒的。上帝只有一个，朝拜者却有无数，所以祭坛上蜡炬无数。它们播撒光明的时候，也在流泪。从祭坛上蜂飞蝶舞般飞溅下来的烛泪，最终凝结在一起，汇成一片，牛乳般润泽，琥珀般透明，宛如天使折断了的翅膀。老妇人打扫着的，既是人类祈祷的心声，也是上帝安抚尘世中受苦人的甘露。

如果我是个画家就好了，我会以油画展现在教堂中看到的这一幕令人震撼的情景。画的上部是安德烈・鲁勃廖夫的壁画，中部是祭坛和蜡烛，下部就是这个扫烛油的老妇人。如果列宾在世就好了，这个善于描绘底层人苦难的伟大画家，会把这个主题表达得深沉博大，画面一定充满了辛酸而又喜悦的气氛。

这样一个扫烛油的老妇人，使弗拉基米尔之行变得有了意义。她的形象不被世人知晓，也永远不会像莫斯科街头伫立的那些名人雕像一样，被人纪念着，拜谒着。但她的形象却深深地镌刻在了我心中！镌刻在心中的雕像，该是不会轻易消失的吧？

我非常喜欢但丁《神曲》的《天堂篇》中的几句诗，它们像星星一样闪耀在结尾《最后的幻象》中：

> 无比宽宏的天恩啊，由于你
> 我才胆敢长久仰望那永恒的光明，
> 直到我的眼力在那上面耗尽！

那个扫烛油的老妇人，也许看到了这永恒的光明，所以她的劳作是安然的。而我从她身上，看到了另一种永恒的光明：

光明的获得不是在仰望的时刻，而是于低头的一瞬！

农事博览会

经历了秋霜洗礼的爱荷华就像一个刚刚圆过房的小媳妇，一夜之间，她身上的燥热和妩媚之气就褪去了，呈现出一派洗尽铅华的安恬与清凉。水流平缓了，树也因为叶子的渐次凋零而显得精干了。在草地上蹦跳的小松鼠大约意识到能在和风中戏耍的日子不多了，它们抱着松果啃啮的时候，尾巴翘得高高的，好像在为自己竖起一面抵抗严冬的旗帜。

耕种了一季的农民收获了庄稼，该歇息了。耕种了一季的马收获了青草的芳香和泥土的温热之气，也歇息了。浸润在夕照中的爱荷华农庄，宛如在海上漂泊数日后终于归港的航船，沉凝而辉煌。

从爱荷华城出发，驱车朝着西南方向行驶四十分钟左右，就到了著名的科露娜（Kalona）农庄，它是个德裔农庄。每到秋季，科露娜都要举行一次劳动马的拍卖活动。

我们的车子在爱荷华的田野里奔驰的时候，我觉得汽车的四只轮胎就是四支巨大的画笔，而乡村路上的泥土、草屑、阳光、落叶就是绚丽的油彩，它饱蘸着它们的汁液，将一幅长轴的田园风光的画卷留在路上。

上午十点多，我们到达了科露娜拍卖会的现场。

我以为那仅仅是马的拍卖会，其实不然。在那个大约有三千平方米的空场上，早已摆放了一排排等待拍卖的东西，其中有旧式四轮马车、古旧的浴缸、朴拙的农具、老家具、昏蒙的马灯、铜镀的马、地毯、风铃等器物。它们的身上坠着白色的小纸片，上面标记着号码。微风之中，那些纸片翩翩起舞，就像一群白蝴蝶在飞。

穿梭在空场上的人，都是附近农庄的农民。他们大都穿着水磨蓝的牛仔裤，将棉布上衣掖在裤腰里，束上一条宽宽的皮带。男人们喜欢戴着牛仔帽或是五颜六色的遮阳帽；女人们呢，她们大约觉得自己的头发就是丰收了的麦穗，值得炫耀，任那一束束金黄的发丝流泻在肩头。偶有戴帽子的，大抵是那种紧箍着头颅的筒式黑帽子，看上去娇俏而古典。无论是农夫还是农妇，他们的步履都是和缓的，表情是恬静的，好像走在自家的农庄中一样闲适。

拍卖还没开始，已经有一些人开始记录自己中意的东西的号码了。我们穿过露天的空场，进了马棚，那里圈着待卖的马匹。

我还从未见过那么大的马棚，它大约有两千平方米吧，用纯色的原木建构而成。马棚中的柱子和栏杆甚至都没有刨过，毛毛糙糙的，似乎是专门为马预备的害痒时用的“痒痒挠”。马棚里有些昏暗，浓烈的马的气息使刚进去的我打了一个喷嚏，好像是受到了冷风的侵袭。我已经有三十几年没有嗅到这样的气息了。童年的时候，我家的前菜园的尽头就是生产队的马厩，那里面的马多的时候十几匹，少的时候也就三五匹，但马的气息却始终是浓郁的。说实在话，我并不喜欢那种气息，它没有山林和田野散发的气息好闻。我没有想到三十多年后，我会在遥远的美国的农庄与这样的气息重逢。这股久违的气息让我想起了童年的马厩、马夫铡草的声音、马灯温柔的光焰以及故乡晚风的沙沙声，心中顿时泛滥起一股浓浓的怀乡之情，马的腥气也随之变得亲切起来。

我以为被拍卖的一定都是老马、瘦马和病马，谁知大多的马还是俊美、剽悍的。它们大约知道自己被卖的命运了，马的神情看上去是忧郁的，它们那湿漉漉的眼睛透露着难以言表的凄凉和哀愁。有一匹马是菊花青，威武，桀骜不驯，只有它昂着头，不安地动着四蹄。在暗淡的马棚中，它就像一道灿烂的闪电！我想这样的马无论进了谁家的院子，都是主人的福气。隐忍和哀怜固然好，但能够把每一片即将到达的土地都当作乐园，不吝惜在任何土地上洒下自己劳动的汗水，这才是好马的品性。在菊花青面前驻足的买马人并不多，看来无论中外，人们喜欢的还都是温顺的牲畜。

马棚中的马并不是很多，买马的人也寥落，这里的交易看上去相对冷清一些。我想这些被出卖的马，其中大部分还是会被老主人给领回家的。只是不知道它们回去之后，在来年耕作的时候，是否还会那么的勤恳。

出了马棚，露天空场上旧器物的拍卖已经开始了。在东南角和西北角，各有两个拍卖点，那里人潮涌动，热闹非凡。他们各自以一架旧马车为拍卖台，马车上放着待拍的东西，拍卖员手持麦克风，站在后面手舞足蹈、激情飞扬地一声声地报价，而他前面有一个人在展览被拍卖的器物。这两个人看上去就像一对相声演员，一个在捧哏，一个在逗哏。竞价的农人在下面挥舞着胳膊，笑着叫着，就像在酒吧中聚会一样快乐。我见到一只装鸡蛋的木匣子，在一声连着一声的嬉笑的竞价声中，被一个中年妇女获得。她接过那只木匣子的时候，非常地知足，好像里面已经盛满了沉实的鸡蛋。接着，又有一只铁耙子被一个矮胖的男人得到，他用农人特有的稳实的手接过它，在半空中挥舞了一下，好像已经用它开始了劳动。不过它耙得的并不是干草，而是空气中浮动着的欢声笑语。这些旧器物，并没有拍出很高的价钱，少的三五元，多的也不过二三十元。我看着那些器物，就像看着无数道谜语，我在猜它们的谜底在哪里。比如那架铁质的四轮马车，它有一个黑色的小包厢，厢体的连接处镶着黄色的铜条，车门那里还有一个小天使的铜雕，它最初的诞生地一定是在德国，它是怎样跟着老主人漂洋过海，来到这片新大陆的？它里面载过什么样的人？再比如那个红木梳妆台，虽然它的镜子已经乌蒙蒙的了，但它当年一定照耀过年轻靓丽的女人的脸庞，它在打量她们面孔的同时，是否也看到过她们为爱而伤怀的泪水？还有那个光泽已经褪去的浴缸，当年它盛满清水时，是什么样的人在里面洗着岁月的风尘？那对黑铁马头，曾经在谁家的门侧端坐过？那轻轻一晃就发出悦耳的“铃——铃铃——”的声音的马铃，是什么样的手曾握过它？什么样的马曾被它召唤过？谁在那块花地毯上饮过酒？谁在那张高靠背的木椅上张望过远行的家人？谁用那根轻巧的木杆打过树上的核桃？谁的脚曾踏进那副马镫中？谁曾把玉米放在了那个有着斑驳花纹的瓷盘中？

每一件器物，都在昭示着一个长长的故事。只不过这故事的大幕低垂，等着人用手把它撩起。我们撩起幕布的方式有很多种，而我钟情的只是其中的一种：那就是用手中的笔。

我们小说中的人，哪一个可以脱离得了这些旧器物？谁能不在它们的辅助下生活？它们是隐藏在我们周围的一只只眼睛，看着我们长大，看着我们由盛而衰。它们既同我们一道领略了生活中繁华的气息，也与我们的先人一道领受过死亡和我们的出生。这样的眼睛不管多么老了，其本质都是明亮的！我爱这样的眼睛。我喜欢用这样的器物讲述故事：《清水洗尘》中的大澡盆，《北极村童话》中的石子项链，《日落碗窑》中的泥碗，《一匹马两个人》中的马鞭和镰刀，《踏着月光的行板》中的闹钟，《逝川》中的渔网，《伪满洲国》中的铜镜，《世界上所有的夜晚》中的剃须刀盒，等等。我觉得这些器物既是我们生活的伴侣，又是我们生活的证明。

科露娜的拍卖会，在我眼中就是一个盛大的农事博览会。虽然它拍卖的不是价值高昂的世界名画，但我觉得它是值得尊敬和留恋的，因为它拍卖和展览的正是生活的艺术。

生命中不能承受之“重”

达令港的夜景是绚烂的。港湾里停泊着许多漂亮的私家船只。灯火中，白色的桅杆看上去就像一支支透明的蜡烛，要把夜给点亮。

这样一处美妙的风景，竟然是悉尼同性恋者聚集的地方。月亮起来的时候，同性恋者就陆陆续续地来了。他们有的依偎在港湾的长椅上，有的钻进酒吧倾心交谈，还有的只是在木质长堤上携手散步。这幅画面，常让我觉得夜晚同时升起了两轮月亮。

不仅是在澳洲，就是在有着悠久文化传统的爱尔兰，我也多次看见同性恋聚集的情景。我住在都柏林非常繁华的一条街上，街两侧的酒吧一座连着一座，每至深夜，泡在酒吧中的人相继拥到街上，他们在街巷中热烈交谈、叫喊、歌唱或者拥抱着，常把刚入睡的我扰醒。我站在三楼的窗前，能清晰地看到拥抱的人中有许多是同性恋者。女孩与女孩接着热吻，男人与男人耳鬓厮磨，我感觉身上就像爬了无数只毛毛虫，有一种说不出的滋味。

我觉得同性恋者首先是有自恋倾向的一群人，他们（她们）不喜欢异性的容颜，不喜欢异性身上散发的身体气息，不喜欢异性迥异于自己的行为方式，这与他们的生活经历和审美取向大约有关系。其次，我认为异性夫妻之间不和谐率的上升是同性恋萌生的另一个温床。他们看到的不是夫妻间那种灵魂与肉体真正的水乳交融，而是貌合神离和无可奈何，这令他们产生了恐惧。当然，生育带来的“负担”，也可能是他们逃避异性交往的一个缘由。他们大约不愿意让自己的青春过早地流逝在孩子身上，更不愿意让儿童看到他们并不喜欢的这个世界。归根结底，是整个人类越来越强的孤独感和厌世情绪为同性恋的聚合提供了最天然的环境。异性间的背信弃义、仇恨、抚养下一代的辛酸以及人们在社会生活中找不到自己的位置和尊严等这些生活中的“重”，成了同性恋生命中所不能承受的东西。而这些“重”，也是我们这个物质越来越发达和丰富、文明越来越缺乏“血性”的世界所面临的巨大难题。

生命本来就是一个谜团。上帝并没有指明男人女人在人间所做的唯一的事情就是繁殖后代，那么同性恋者完全有选择自己的生活和情感的自由。在我眼里，同性恋者都是些爱好神话的人，虽然他们的行为会为教会所不齿，但也许他们也深爱着宗教，他们会认为自己的灵魂在另一个世界会相遇另一个浪漫的灵魂，而灵魂与灵魂的交融也会分娩出后代，这个“后代”也许是我们所望见的月亮旁的云朵、日出前的霞光等这些脱离了生活之“重”的轻盈的事物。我想维系这个世界的，有我们用肉眼能看到的事物，也有我们的凡胎所难以洞察的事物。那些在昏暗的灯影下拥吻的同性恋者，也许在内心深处也是孤独的。我们不该耻笑孤独，因为我们投映在大地上的影子也是孤独的！

土著的落日

肤色黝黑、四肢细如枯枝、肚子微微突起的土著走过来了。他们不是骑在马上，身上也没有背着弓箭；他们更没有行进在他们赖以生存的森林中，而是穿行在城市的水泥马路上。他们有的蜷在街角向过往行人伸出乞讨的手，有的聚集在海滨公园的草坪上饮酒，还有的懒洋洋地歪在长椅上晒太阳。当然，也有的在商业街的摊位前席地而坐，作画卖艺。

达尔文是土著人聚集的地方。这里的土著已经不仅仅生活在部落之中，他们频繁出现在城市的街头。在白人的世界里，他们就像一棵棵历经风雨的漆黑的椴树一样，游动在雾一样的都市中，看上去茫然无助。从他们疲沓的步态上，你已经感觉不到那种本该带着丛林气息的健旺的生命力了，他们的声音，也是那样的沙哑和微弱，听上去就像叹息。

土著仍然穿着他们传统的服饰。无论男女，都喜欢那种图案妖娆、色彩瑰丽的花衣，妇女还喜欢包着花头巾。我观察了一下，花衣上的图案最多的是太阳和鱼的形态，它们一个从天上照耀着他们，给他们的肤色涂上泥土一样的深重的光泽；一个在大地的水中滋养着他们，给他们以力量和艺术的源泉。

其实土著人才是澳洲真正的土地主人。他们生活在自己的天地中，狩猎、种植、生育、歌唱。他们在岩石上雕刻乌龟和蜥蜴的形态，在画布上描绘水的波纹和云的形影。他们有自己的语言和部族首领，面对古老的丛林，怡然自得地生活着。后来白人来了，他们看中了这片土地的肥沃，他们在带来所谓欧洲文明的时候，也带来了仇恨和杀戮。土著人被迫从自己的土地逃亡，他们人数锐减，有的死于饥饿和疾病，有的则被白人视为“异类”和“野蛮人”，而死于他们的屠刀下。我相信，如果入夜时山风发出阵阵的呜咽，那一定是含冤而逝的土著人的灵魂在低低地饮泣！

澳洲政府对土著人实施了多项优惠政策，解决他们面临的生计问题。但很多土著人把那些钱都挥霍在酒馆和赌场中了。他们依旧是生活的赤贫者，被白人视为不争气的一族。面对越来越繁华和陌生的世界，曾是这片土地主人的他们，成了现代世界的“边缘人”，成了要接受救济和灵魂拯救的一群！我深深理解他们内心深处的哀愁和孤独！当我在达尔文的街头俯下身来观看土著人在画布上描画他们崇拜的鱼、蛇、蜥蜴和大河的时候，看着那已失去灵动感的画笔蘸着油彩熟练却是空洞地游走的时候，我分明看见了一团猩红滴血的落日，正沉沦在苍茫而繁华的海面上！我们总是在撕裂一个鲜活生命的同时，又扮出慈善家的样子，哀其不幸！我们心安理得地看着他们为着衣食而表演和展览曾被我们戕害的艺术；我们剖开了他们的心，却还要说这心不够温暖，满是糟粕，这股弥漫全球的文明的冷漠，难道不是人间最深重的凄风苦雨吗？

邦迪海滩的驯犬者

秋天的邦迪海滩游人稀少。海鸥一群群地在近海的空中低低盘旋着，似乎嫌这海太平静了，想要做一朵朵浪花的样子。偶尔有两三个冲浪人，带着他们的滑板，向远处的海滑翔而去，溅起一带银链似的浪花。还有一些年轻的姑娘绕着海岸慢跑，她们往往带着一条狗，狗与主人跑着的速度是一致的。

阳光虽然不那么炽热了，但它依旧浏亮和明媚。我赤足在沙滩上散步，海水涌流而来，它像一道花边一样，缠住了我的脚。海水确实很凉很凉了，难怪海中不见游泳的人了。不过，我喜欢这空寂的海，海一热闹，就觉得海是花园了，没了浪漫的情调。

海边的大礁石上，有一个人在作画。他衣衫褴褛，赤足，戴顶破草帽。一只旧木箱打开着，能看见里面的颜料盒、画笔、雨布和吃剩的三明治。他一手拿着画笔，一手擎着调色板，在画大海。画板上的海的色彩正在由绿向蓝过渡，没有一朵浪花，那海看上去十分阴郁，愁云惨淡的样子。他那落魄而又心事重重的样子，看上去也不像个画家，倒像个流浪汉。走过去看他的画，他无动于衷的，让我觉得他在这幅画中哀悼着什么东西。我离开那块礁石，向着另一处海角攀爬，海在我身下变得幽深了，在一处礁石嶙峋的地方，我看见海水改变了颜色，是丰富多彩的绿，有墨绿、翠绿、嫩绿，仿佛春天的树要从海角里钻出来。在那片礁石上，我看见了一个穿白衣的男人，正在训练两条黑狗。那狗个头很高，即使从高处看，也能感受到它们的威武。男人手中拎着一根木棒，把它抛到海中，两条狗就奔向大海，在激流中去争夺它。其中一条狗用嘴衔了它，另一条就显出沮丧的样子，跟着灰溜溜地上了岸，把木棒交给主人。主人呢，他从不给它们喘息的机会，接过来又朝海里扔去，而且是越投掷越远，两条狗就像两支被射向水中的箭，飞也似的奔向海中，它们追随着被海浪裹挟着的木棒。有的时候眼看着要得手了，可一个巨浪打过来，木棒消失了踪影，而它们也被劈头盖脸的浪花砸得团团转，等它们从水中拔出头来，却见那木棒已向海中央漂游，追逐它的艰辛可想而知了。而当它们历经千辛万苦把木棒送到主人手中时，主人从来都把木棒当成了烧红了的烙铁，立刻丢出去，于是，我又看到两条黑狗奔向海里。也许见惯了主人带着爱犬懒洋洋地走在路上的情景，我觉得这驯犬的男人太冷酷了。有那么一刻，我甚至觉得他是在虐待动物。训练即将结束了，他最后一次把木棒丢进海里，这次他没有让它们同时下海，而是带着其中的一条离开礁石，让另一条叼上木棒次数较少的狗奔向海里。我见木棒越漂越远，那条狗跃进海里后，被澎湃的海浪打得上下翻腾，有一刻它消失了踪影，我不敢看下去，以为它会被卷到海的深处。我抬起头看了一会儿天，天上没有云，很蓝，感觉那是另一片海横在天际。等我捺不住好奇心再看那片海水时，我只看见了绿色的海浪安闲地拍打着礁石，海面没有木棒，没有黑狗，我心下一惊，再看那个驯犬者，他带着一条黑狗已经走得很远了。正当我为那条狗的命运而担忧着时，突然发现礁石中有一团黑色的东西忽隐忽现着，我盯着它看，它终于穿过礁石，露出头来，竟然是叼着木棒的黑狗！它乐颠颠地奔向主人和它的伙伴，虽然看不到它的表情，但我能想象得出它那得意扬扬的情态。他们快走到作画人的身边了，我想那个人如果看到刚才的一幕，他画中的海会成为真正的海，会于苍凉中多几分生命的激情！

风　景

达尔文是澳大利亚最北的城市。由于澳洲处于南半球，最北的城市也就是最炎热的城市。五月的悉尼正逢凉爽宜人的秋季，而在达尔文，则是另一番情景，行人都穿着薄而短的夏装，阳光炽热得仿佛从火炉里钻出来。记得午夜时刚下飞机，我们所搭乘的出租车司机不无抱怨地对我们说，达尔文已经连续一个月没有下雨了，它永远是蓝天、蓝天、蓝天！

我们的作家节就在蓝天下的海边举行了。一位土著女歌手弹着吉他，唱了一首浑厚而又忧郁的歌，拉开了作家节的序幕。在开幕式上，当地的一些作家还带来了他们的孩子，小孩子们在地上爬来爬去的，发出童稚的叫声，与作家的讲话交融在一起，充满了生活情趣。每位作家都有一个作品朗诵会，朗诵会就设在树下的草地上，你能听到近处的海浪声，还能听见此起彼伏的鸟鸣。达尔文给我的印象因而也就亲切起来，它的闲适和浪漫之气令我喜欢。

按照日程安排，达尔文市长将要接见来自中国和爱尔兰的作家，听说她是一位女市长，不久前刚刚访问了中国。我觉得这种接见一定是礼节上的，所以也并未放在心上。

市长的接见时间定在某日的上午十点半。在此之前，我与其他几位作家有一场联合的报告会。报告会一结束，女市长如约而至，她高高的个子，身材姣好，穿一件浅灰色上衣，一条灰白格的棉布裙子，脚蹬一双凉鞋，一只休闲包随意地搭在肩头，如果不是她的气质中还隐约闪现着一缕威严之气，你简直无法把她和市长联系到一起。她那轻松随意的样子，也不像要来接见谁，倒像是来赴一位好友的Party。她只带来两位随从。

我以为接见地点会选在一个小型的会议室，谁知竟是我先前作过报告的大型报告厅。她率先坐到主席台上，对我说，一会儿她将引出一些话题，与我交流。我这才明白，她的接见是别开生面的，台下坐着听众，而她向我和爱尔兰作家提出一些问题。而且，这场报告对外售票，听众想要入场，必须买票。无疑，她不是以一个市长的身份，而是以一个读者和主持人的身份参与作家节的活动，这实在出乎我的意料。

时间到了，买票入场的观众并不是很多，听众只坐了半场，三四十人的样子，空着许多座位，她毫不介意，开始讲话了。她几乎没有一句客套话，就直奔主题，对我抛出了第一个问题：“你认为风景描写在作品中起着怎样的作用，它重要吗？”这个问题实在比较专业，我认为她事先一定做了精心的准备。我说：“现在我和您坐在这里，台下也有许多听众坐在这里，我相信再过五十年，我们可能都不存在了，可这座报告厅还在，报告厅外的大海还在。从这个意义上说，风景是永恒的，描写风景当然很重要。”她听了我的回答后，率先鼓起掌来。我接着说：“不过不是所有的风景都可以进入作品的，单纯地描写风景是没有意义的。比如我每天清晨都去达尔文的海滨公园，那里有许多高大的树，对于我来说，它们只是树而已，而对于市长您来说，那些树的意义也许就不一样了。也许您曾在青年时代与您的恋人在树下幽会过，这棵树对您就是有感情的了，文学要做的，就是要把单调、死寂的风景注入情感。”这次是台下的听众首先鼓起掌来，市长也笑意盈盈地冲我点头。我挨着她坐，椅子拉得稍稍靠后一些，我能清楚地看到在我们交流的时候，她不断地把双脚从凉鞋中悄悄往外拔，仿佛一个任性而又喜爱自由的小女孩要摆脱掉所有的羁绊似的，其实凉鞋对她来说已足够宽松的了，这让我对她的好感油然而生。她接下来提出的问题是，你作为一个女性作家，在描写生活时与男作家有着什么不同?你每天都要写作吗?一个作家的童年生活经历对他有着怎样的影响?我和爱尔兰作家一一做出回答，接见会现场不时荡漾着阵阵笑声和掌声，一个半小时的时间很快就过去了，女市长仍显得意犹未尽。只有在结束之时，当我把中国作家协会的纪念牌赠给达尔文市时，女市长手接过来，与我合手托着，转过身来，第一排的两位记者及时抢拍这个镜头，我在闪光灯闪烁的那个瞬间，才从她这一系列职业化的动作中感觉到她是一个市长。

那天晚上下了一夜的雨，空气骤然变得清爽起来了。我觉得这位女市长其实就是达尔文的一道风景，而且是雨中的风景，虽然有些朦胧，但带给人的感觉却是清新的。

最苍凉的海岸

如果上帝还在怜恤失落在人间的迷途的羔羊，请他把目光投向大西洋岸边的诺曼底吧。那里有一片浩浩荡荡的白色墓葬，那下面掩埋着成千上万的年轻的士兵，虽然他们告别这个世界已经有六十年了，但他们的灵魂，仍然在大西洋的海浪中盘旋和呜咽。和平年代的欢歌笑语已经彻底湮没了他们满怀着伤感的心语，那些在诺曼底海滩牵着爱犬享受着阳光的度假者，那些劳作了一天、在晚餐时喝着诺曼底特有的苹果烧酒的农人，有谁还会在意这样的一片坟墓呢——也许是人类为自己制造的墓葬太多太多了！

人类的战争史应该永远铭记着一九四四年六月六日的黎

明——事实上那一天是没有黎明的。盟军在薄雾中向着防御薄弱的诺曼底发起了攻击！为了抵御盟军的登陆，希特勒早在一九四二年就下令修筑一道从诺得角到西班牙海滨的防线——大西洋壁垒，虽然到了一九四四年还没有完全建成，但它设置的地雷场和像丛林一样潜伏在水中的障碍物，还是给登陆的英美联军士兵带来了极大的困难和伤亡。我们从英国战地记者瑞安的报告文学《最长的一天》（这篇文章后来被改编为同名电影，强烈地震撼了观众的心，影响甚广）中，能直观地看到登陆那一天的情景：士兵们有的在舰船上眩晕呕吐，躺在甲板上默默向上苍祈祷；有的彼此鼓励或者相互交代家庭住址，以备不测；还有的豪情满怀地背诵着诗句——凡是度过了那天这一关，能安然无恙回到家的人，每当提到那一天，就会肃然起立。

战争永远离不开流血和牺牲。从中世纪开始就不断在欧洲大陆崛起的教堂，从来就没有以上天赋予的无穷力量阻止过炮火的袭击。在我们高唱赞美诗的同时，屠戮却在烽烟中进行。也许我们应该感谢上帝，如果不是德军的最高统帅把盟军的登陆点预计在加来地区，而把更多的兵力部署在了那里，如果不是天气护佑着艾森豪威尔，那么，盟军在诺曼底的伤亡将会更加惨重。

我们不知道那些肩负着武器、野战背包、防毒面具、水壶、急救包以及食物的士兵在冲上诺曼底海滩的那一瞬间，怀着怎样的心情。当战争像一条条看不见的坚韧的饵线把他们如鱼一样鲜活的身体强行拖上海岸时，他们就不是自己命运的主人了。命运好的，他们躲过了敌人炮火的袭击，活到了和平年代，能在夕阳中一次次地回忆那个惊心动魄的早晨。命运差的，会被敌军的子弹射中，当他还来不及看到这片陌生的陆地上哪怕只是一抹生命的绿色时，就永久地闭上了眼睛。那些在飞机掩护下先期登陆的伞兵，他们并没有因为来自天上而特别受着上帝的眷顾，他们有的落入了沼泽地里，有的掉入农户的花房中，还有的被吊在教堂的十字架上，十字架充当了刺刀的角色，使他们一命殒天！

随着德军反扑的加强，漂浮在岸边的盟军的尸体越来越多，沙滩上被炮火击中的登陆艇在燃烧，坦克也在燃烧，硝烟中受伤的士兵无助地坐在沙滩上，鲜血如朝霞一样染红了那片海域。但伟大的盟军还是拥有兵力和武装上的绝对优势和主动，一批人倒下来了，另一批人又冲上去了。最终，大西洋壁垒被打开了一个巨大的缺口，诺曼底登陆成功，艾森豪威尔可以畅快地喝上 杯香槟酒，为他的规模宏大的两栖登陆战的巨大战略成果而庆贺！

我是在三月底来到诺曼底的。春天来了，行进在乡村公路上，可以看到初开的各色花朵。在这之前，我们一行六人沿着法国美丽的卢瓦河，看了著名的香波荷和雪浓舍，这些有着几百年历史的老城堡，其沧桑而绚丽的建筑外壳里，无一不包含着众多的宫廷故事，一直成为法国历史和文化的骄傲，被络绎不绝的游客参观着。带着一股浓浓的古堡情怀，我们奔向诺曼底海滩，走向那片掩埋着登陆战中死去的盟军士兵墓地的时候，确实有一种被现实击痛的感觉，虽然说这个“现实”距离我们已有漫长的六十年了。

第一眼看到那片浩大的墓地的时候，我以为看到了正在安闲地吃着青草的一群羊。那些伫立在草地上的白色十字架，连绵在一起，远远一望，像极了雪白的羊群。我悄悄在入口处的草地上摘了一簇碎碎的小黄花，拈着它走向墓地。墓地太大了，它被划分了十几个区，白色的墓碑数不胜数，墓碑前几乎是没有鲜花的，不像我沿途经过的那些乡村小教堂旁的墓地，总有鲜花点缀着。我真不知该把花放在哪一座墓碑前。天气晴朗极了，阳光飞舞着，环绕着墓地的翠绿的松柏将它的影子投到草地上，就像为墓葬镶了一道花边。那里的游人零星可数，四周静悄悄的，只听得一片呢喃的鸟语和草地下的大海的平静的呼吸声。我缓缓地独自穿行在墓葬中，看着白色十字架上的碑文，后来将那朵黄花献给了一个年龄只有十五岁的战士，十五岁——花季的年龄啊！

有谁还会记忆着这些客死他乡的战士呢？他们无声无息地躺在这里，隔着苍茫的大海，诉说着他们永远的乡愁！他们的死亡，在历史教科书中，是伟大的辉煌的死亡。可是再崇高的定义，也不如生命本身的存在更富诗意，他们在最该对着青山碧海抒发豪情的年龄闭上了眼睛，在最该亲吻恋人的年龄闭上了嘴巴，所以我相信，他们年轻的心，一直没有死亡，像大海上那些漂浮的云，可是他们流浪着的灵魂呢？他们该诅咒谁？诅咒制造了那场人间地狱的希特勒和墨索里尼？或者诅咒让他们成就英名的艾森豪威尔？

在二战的将帅中，我最尊崇的人就是艾森豪威尔。凭着自己咄咄逼人的“战绩”，他成为一名五星上将，并且做了两届的美国总统。他的战绩之一，就是我面前的这片庞大的墓地，这样的战绩是多么的让人撕心裂肺啊！走在这样的墓地中，艾森豪威尔的光环在我心中黯淡了一圈，虽然我知道他仍然是一个伟大的将军！当我们折取橄榄枝的时候，其实对它已经构成了一种摧残，和平的来临就是伴随着这样一个又一个沉重的代价！然而我们并不珍惜无数人用鲜血换来的和平，这世界的局部战争从来就没有止息过，我们战胜了法西斯，可我们一直没有战胜我们内心的贪婪和愚蠢！

诺曼底登陆距今已有六十年了。为了纪念这个历史性的日子，在即将到来的六月六日，现任美国总统布什和英国首相布莱尔将莅临诺曼底，祭奠他们长眠在这里的士兵。所以，诺曼底一带的公路正在为迎接这两国的领导人而加紧重修着。诺曼底一带旅馆的房价，也因此而提前几个月就开始了暴涨。当布什与布莱尔沿着平坦的道路畅通无阻地抵达这片墓地时，我相信这些越来越被世人所遗忘的战士的墓碑前会有鲜花覆盖着，庄严的祭奠的炮声也会隆隆地响起。只是谁知他们带着怎样的情怀来到这里，但有一点可以肯定，他们的举动，将会使他们在自己的政治天平上，又增加一个砝码！

诺曼底的那片海域很美，可在我的眼里，它是我见过的世界上最苍凉的海岸！那飞起飞落的鸟，那飘来荡去的云，那在微风中摇曳着的松柏，那一望无际的墓碑，都在轻声诉说着一段已被我们逐渐遗忘着的历史。如果我们在阳光下看到了阴影，请不要惊诧，因为阴影从来就没有远离我们！

我想起了艾森豪威尔在一九五三年就任美国第三十四任总统时发表的演说，他说："在人类从黑暗走向光明的历程中，我们已经走了多远？我们是否正在接近光明，接近所有人类都应享有自由和平的一天？还是另一个黑夜的暗幕正在向我们逼近？"也许在他任职的四年中，他深深体会到了这样的黑暗仍然存在，所以他在一九五七年连任时又强调："愿自由之光，普照一切黑暗的角落，燃起明亮的火焰，直到最终黑暗消失为止！"

黑暗消失了吗？

愿这样的墓葬能像火炬一样，照亮人间还残存的黑暗；让人类的光明，能像诺曼底的海水一样，汪洋澎湃，势不可挡！

柏林墙的第十七层防线

柏林墙出现在眼前的时候，风雨也脚跟脚地来了。六月了，风是凉的，雨也是凉的。柏林墙淋着冷雨，像一个流落街头的老乞丐，蓬头垢面，满面凄惶。我撑着伞，先是驻足观望了一下它的长度，然后才把目光放在它的高度上。柏林墙没被推倒前，长度约一百五十五公里，而现在保留下来的这段供游人参观的遗址，也有一点三公里。

墙是钢筋混凝土浇筑的，大概有三米多高吧。墙的顶部，是一道凸起的檐口，从侧面看是锅盔形的，灰黑色。接口处的缝隙有拇指宽，好像这墙戴了顶捡来的帽子，破烂不说，还不大合体，显得滑稽。墙壁斑驳不堪，多处墙皮脱落，上面的涂鸦，缺胳膊少腿的比比皆是。老实说，这是我见过的，世界上最丑陋的墙。它没有高出墙脊的树木护卫，也没有墙下的草坪环绕。缺乏绿色的它，远远一望，像是一条阴冷的毒蛇匍匐而行，满腹杀机。你接近它的时候，真担心它会出其不意地咬你一口。

都说柏林墙是世界上最大的室外画廊，它上面的涂鸦，吸引着无数游客。可在我眼里，它身上再妖娆的曲线，也是单一的；再艳丽的色彩，也是暗淡的；再醒目的语言，也是苍白的。因为这是一条自由后，仍然背负着枷锁的墙！我在上面看到了折断了翅膀的雪白的和平鸽，看到了黄色骷髅头下的黑色绳索。当然，也看到了被宰割的羊和破败的旗帜。虽然萦绕于耳际的是风雨声，但我仿佛听到了这墙上曾有的枪声；听到了被隔绝了的人民的愤怒呐喊；听到了二十二年前，美国总统罗纳德·里根在勃兰登堡门的柏林墙前，热切地呼唤着："戈尔巴乔夫先生，推倒这堵墙！"

柏林墙是二战以后，德国分裂和冷战的产物。它虽然是一九六一年八月的一个日子，在一夜之间修筑的，但这个工程的"准备"，却已经很久了。其实早在一九五二年，东西柏林之间的边界已经开始关闭。这之后，有大量的东德人冒着生命危险，逃过边界，进入西柏林，其中就包括东德的很多熟练技工，这是政府所不能容忍的。柏林墙出现以后，不断加固。我看过一个资料，说柏林墙共有十六层防线：第一层，三百零二座瞭望台；第二层，光滑难攀的墙；第三层，钢制拒马；第四层，两米高的铁丝围栏；第五层，音响警报缆；第六层，通电的铁丝网；第七层，二十二座碉堡；第八层，用来引导警犬的缆线；第九层，六至十五米宽的无草皮空地，埋有地雷；第十层，三至五米深的反车辆壕沟；第十一层，五米高的路灯；第十二层，分布在柏林墙各处的一万多名武装警卫；第十三层，两米高的通电铁丝网，附警报器；第十四层，空地；第十五层，第二道水泥墙，三点五米至四点二米高，十五厘米厚，可以抵御装甲车的撞击；第十六层，施普雷河在部分区域，成了天然屏障。

我不是军事学专家，但看过以上的记述，即使是一个门外汉，对柏林墙当年的壁垒森严还是有了直观的了解。可是，即使面对这样“插翅难飞”的墙，也有人敢于攀爬逾越，哪怕喋血墙下；更有甚者，不舍昼夜、坚持不懈地开挖通向西柏林的地下秘密通道。看来，当大地和天空不能再作为交通的便道时，哪怕是在地层深处，在无边无际的黑暗之中，人们也要顽强地攫取一线光明。毕竟，自由的力量是伟大的！一九八九年十一月九日，这堵存在了二十八年的武装到牙齿的墙，还是被推倒了，成为废墟！

走到柏林墙中段时，太阳从厚厚的云层背后跳了出来，我收了伞。为了纪念柏林墙倒塌二十周年，一些被岁月风雨侵蚀而脱落的涂鸦，正进行着修补。我看见一个艺术家站在钢制脚手架上，在墙壁上涂抹油彩。我跟他打了个招呼，说我很喜欢他描绘的那块椭圆的黄颜色，像月亮。他非常兴奋地回答：它就是月亮！看来在一堵给人们带来深重苦难的墙上，人们最渴望表达的，还是安宁之光！

参观完柏林墙的那个夜晚，有场中国作家的作品朗诵会。给我们做翻译的，是爽朗明快的左菁女士，她的同声译水平很高。场下坐着的，有中国留学生，也有不少德国听众。朗诵会一结束，一位气质优雅的老者朝我走来，她手持一卷德国洪堡大学的毕业论文集，翻到其中的一页，笑着对我说："这是我的学生戴妮翻译的你的小说。"我想起来了，多年以前，戴妮曾与我有过通信联系，她说要以我的小说创作作为毕业论文，还把在图书馆整理的一份我发表的作品目录寄给了我。只是她毕业后，嫁到美国去了，从此失去了联系。戴妮翻译的，是我早期发表在《北京文学》的一个短篇，而她的指导老师，就是眼前的这位中文名字为梅薏华的教授。梅薏华女士翻译过许多中国作家的作品，按照左菁的说法："老太太的德语翻译是最棒的。"在她心目中，梅薏华至今仍是德国汉学家里的翘楚。不过东西德统一后，来自东德的她，有如失去了"根"，同在其他领域不得真正施展才华的东德人一样，没有原西德的译者走红。个中缘由，不言自明。

柏林墙的十六层防线，虽然已经一一攻克，荡然无存了，但事实上，在柏林墙倒塌的那个瞬间，在东西德人民拥抱欢呼的那个时刻，有一层看不见的防线，还是悄悄出现了。这隐藏在深处的柏林墙的第十七层防线，像一条无形的鞭子，抽打着我的心。在那个夜晚，我对着满城璀璨的灯火，发出了一声叹息。我知道，这声叹息，在这个华丽世界，是多么多么的微弱。

伦敦的“黄金之路”

爱尔兰在欧洲，很像一个藏在后花园里的老贵族，你若想见他一面，不会那么容易。由于它位于欧洲的最西部，漂在茫茫大西洋上，相对封闭，所以它不像德国英国法国声名显赫。去都柏林的路，也就相对崎岖一些。世界上各大航空公司飞往巴黎、伦敦、罗马的班机比比皆是，而直飞都柏林的却极少，你只能选择在与它相邻的国家的国际机场转机。

四年前去爱尔兰，记得是在德国的法兰克福机场转机。那个机场大而堂皇，那七小时的逗留因而也不觉得枯燥。咖啡馆、酒吧、琳琅满目的免税店，都是极好的去处。

此次去爱尔兰，比上次要周折多了。由于“悬念句子奖”

得到了香港国泰航空公司的赞助，我的机票都是国泰免费提供的，所以我必须乘坐他们的航班。国泰没有开辟直飞都柏林的航线，这样我只能选择在离都柏林最近的伦敦转机。在伦敦转机，按照英国的规定，必须要办理一个过境签证。而在中国出发前，由于时间紧迫，我们只拿到了澳大利亚和爱尔兰的签证，伦敦的过境签证，是到了澳洲后由主办方办理的。克拉拉女士把我和翻译的护照从悉尼寄往英国驻堪培拉的使馆，在我们离开澳洲前才把签证拿到手。仅仅是在伦敦机场转机，一个过境签证，一共被收取了三百澳元左右的费用，这“买路钱”我从一开始就觉得花得冤枉，虽然不用从我腰包掏一分钱，但觉得英国的规定没有人情味。想着到达伦敦的那一刻，一定要朝那片土地结结实实地跺几下脚，因为我们所踏之处都是用金钱买来的。

我们去爱尔兰的航线是：由悉尼至香港，由香港到伦敦，再由伦敦到都柏林。我们在悉尼把行李直接托运到伦敦，这样在香港转机时会省去许多麻烦。经过两个漫长时段共计二十多个小时的飞行后，灰蒙蒙的伦敦出现在舷窗外。伦敦机场的破旧和设施的老化是我始料不及的，它看上去更像一座旧工厂。无论是通往转机处还是海关的路，都很少有传送带。而且，它的格局跟盘山路一样，走过了一圈，跟着又是一圈。这一圈走完了，以为前方就是光明，可是又一段漫长的路出现在我们面前。试想旅途疲顿的人最初来到这里，单单是步出机场，要耗掉你多大的精力啊，我不由得为那些年老体弱的人抱着不平。我们终于看见海关了，那一瞬间心中真的有一种拨云见日的晴朗感。我们排在出关的队伍前，准备提取行李后立刻入关，再办理下一班次的机票。然而到了海关那里，我和翻译的护照被同时掷了回来，两位工作人员均用斩钉截铁的语气说，你们持的是过境签证护照，不能入关！我们对他们解释，说我们的行李在关外，不出关的话我们无法领取，而我们不能把行李扔在伦敦，只身去都柏林。但他们态度非常傲慢，高叫着“下一个”，示意我们闪开。我们只得听从吆喝，让开来。我和翻译吴欣蔚商量了一番，去问讯处交涉。那个当班的英国人态度也一样地冷漠，他说既然不能让你们出关，你们就直接去转机处，看国泰的航班能否为你们提取行李，把它转到下一个班次上。听了他的建议，我们步行了大约二十分钟，通过安检后到达转机处。然而国泰的柜台前空空荡荡的，问了一下与它相邻的一家航空公司，说是国泰只有在它的航班有班次时才会有人，而我们去都柏林的航班两小时后就要起飞，我们不能等，只能失望地又出来。我们看着英国使馆在我们的护照上加盖的那个椭圆的戳，就像看着一只正在嘲笑我们的眼睛，不明白伦敦的土地何以如此“金贵”？我想既然你给了我们过境签证，我们又必须在你们的国家做中转，你们有责任和义务帮助我们解决出现的问题。我对吴欣蔚说，我们必须出关提取行李，如果他们仍然反对，就把行李票给海关的人，由他们把我们的“非法入境”的行李拖过来。

我们又经过半小时“盘山路”的跋涉，回到了起点。出关的队伍排得很长，我对吴欣蔚说，时间已经来不及了，别顾忌礼貌了。于是我们越过众人，直奔柜台。那是一位面目清秀的小姐，吴欣蔚对她说我们遇见大麻烦了，求助于她。听明事情原委，她看了我们下一个班次的机票，又看了我去都柏林参加作家节的邀请函，知道我们确实无意在伦敦逗留，就拿着我们的护照去了另一个窗口，说服她的同事，为我们做了一个二十四小时的入境签证，这让我们长吁一口气。我们飞快地出了关，跑到行李提取处，远远地就见我们的两件行李被摆在传送带的下面，它们就像放了学已等待家长多时的孩子，满怀委屈的样子。

当我们终于登上了去都柏林的航班，我看了一下表，我们在伦敦机场整整奔波了四个小时！汗水已将衣衫打湿，就像洗了桑拿一样。而伦敦机场的那些一定要靠步行的漫长过道，让我觉得就是狄更斯笔下那阴暗、潮湿、有老鼠流窜的、有孤儿在游走的地下道！我至今不明白，我们花了那么多钱所办的过境签证，为什么连出关提取行李的权利都没有？伦敦机场的空气并不洁净，我想这是因为空气中充满了铜臭味的缘故吧。

飞机跃上天空了，迷雾缭绕的伦敦又在舷窗下了。同飞机降落时不一样，伦敦在我们身下越来越小，越来越凄迷，最后终于成为灰云的一个部分，消失了。

酒吧中的欧洲杯

在澳洲的蓝山国家写作中心，有天午后我正在楼下对着一片蓊郁的树林喝茶，手机响了，一接，竟然是足球报社的记者打来的，他说欧洲杯开战在即，希望我能为他们写点球评。亏得记者的提醒，我几乎把开赛日期都忘记了。

离开悉尼的前两天，是欧洲杯的烽火燃起的日子。那天晚上在悉尼大学的陈顺妍教授家做客，我对她说喝完酒回去，我会熬到凌晨，看欧洲杯。陈老师的丈夫古得曼先生对我说，澳大利亚的电视台对世界杯都不感兴趣，他判断转播欧洲杯的可能性不大。我知道澳洲人喜欢橄榄球，而我对这种抱着跑的足球一窍不通，澳洲人却对它无比痴狂。但我想欧洲杯在某种意义上比世界杯更具观赏性，他们起码应该转播首场比赛。

回到旅馆后，我打开电视，见SBS电视台正有三个人在聊欧洲杯，这让我欣喜至极，虽然听得一知半解的，但从不断穿插的贝克汉姆、齐达内、菲戈等巨星的画面上，我认为他们一定会直播揭幕战，于是就把频道锁定在这里。两个小时过去了，是开赛的时间了，SBS的画面竟然换成了别的，是一个午夜剧，这让我的心一阵阵下沉。时间分分秒秒地过去了，午夜剧仍在继续，我赶紧转换频道，搜索足球。有一刻以为找到了，仔细一看，却是橄榄球的比赛，让人沮丧。我心犹不甘，像个顽强的战士一定要攻克一座堡垒一样，手持遥控器，把电视画面摇得风云变幻、闪烁不休，那顿足球的早餐却最终没有吃到。那一瞬间我盼望着早些离开澳大利亚，我相信到了欧洲，每一个角落都会洋溢着欧洲杯的快乐气氛。

果然，飞抵爱尔兰的首都都柏林后，每晚都有欧洲杯的大餐等着你享用。我住在一条繁华的酒吧街上，几乎所有的酒吧都在直播欧洲杯。而我在都柏林作家节的活动，除了一场正式的报告会外，其他都是自由时间。我选择了一家热闹、开阔又比较有情调的酒吧作为“据点”。那家酒吧设有三个电视屏幕，北面的是横幅的，视觉效果差一些；西面的较小，你必须坐得离它很近，才能真切感受到现场的气氛；而东侧的是四四方方的跟银幕一样宽大的屏幕，它面前聚集的人之多可以想见了。

由于在欧洲看球没有时差，所以吃过晚饭，我就踅进酒吧。酒吧里男球迷居多，他们往往穿着自己所支持的队的球衣，跟即将上场的球员一样，在开赛前就开始了“热身”活动：选择位置、买啤酒等。爱尔兰的黑啤酒久负盛名。这种啤酒口味浓，有点微微的咸，回味绵长，很适合看球时喝。我与其他球迷一样，也举着一杯黑啤酒。如果在酒吧看球而不买酒，就有点像小孩子耍无赖了。

我在酒吧看的第一场球，是俄罗斯对葡萄牙的比赛。也许爱尔兰与葡萄牙是近邻的缘故，抑或爱尔兰的国家足球队的风格与葡萄牙的很相似，酒吧中的球迷百分之九十都倾向葡萄牙。每当俄罗斯拿球的时候，酒吧里就嘘声一片。白色的俄罗斯队看上去就像一片飘在天空的浮云，孤独无助得很。他们的打法也没有生气，最终斯科拉里率领的葡萄牙以2：0轻取对手。如果说爱尔兰的球迷对葡萄牙队是热爱的话，那么他们对待英格兰队可以用“狂恋”一词来形容。到了英国与瑞士的比赛日，我像以往一样提前十几分钟走进酒吧，可是里面已经爆满，一个座位都没有了，中央地带还站着许多人。我急得转来转去的，希望有一个座位能成为“漏网之鱼”，然而我的希望落空了。有一个留着两撇黑胡子的球迷见我找不到座位满面焦急的样子，就拍着自己的腿，示意我坐上去。我想我若坐在他腿上，有些球迷就不用看大屏幕了。当画面中运动员开始入场时，我终于想出了一个好主意，我分开众人，一路向前，一直走到大屏幕的最前方，一屁股坐在地上，把地当成了椅子。而且我还叫来一大杯黑啤酒，把地也当成桌子，摆上去，痛快地先咂上一大口，这引起了很多球迷的喝彩。因为酒吧里没有一个人是坐在地上看球的，他们大约也没有见过一个黄皮肤的女球迷如此钟情于足球。当画面出现小贝的夫人辣妹的镜头时，酒吧里爆发出热烈的掌声。我想，辣妹已经深入人心，不管小贝闹出多少绯闻，辣妹都是不可取代的，这让我想起克林顿与希拉里的关系，不管他们是否还恩爱，世人认定他们不可分割，他们只能为共同的利益，或者说是为了报答众人共同的爱戴而携手走下去。酒吧里的球迷百分之九十九都是英格兰的支持者，我也一样。当场内奏响英国的国歌时，球迷们也跟着齐声歌唱，场面感人。英格兰的每一次进球我都要跳起来欢呼，这时身后的英国球迷就抓着我的手狂吻，他们很开心我这样一个“外国女人”是英格兰的拥护者。鲁尼在那场比赛中让斯文的瑞士连吞两枚苦果，我对这个朝气蓬勃的前锋充满了尊敬和喜爱，他真的是上届欧洲杯欧文的翻版。3∶0的结果合情合理，我们只有为他们纵情欢呼了！我们狂饮，这时酒吧乐池中的爵士乐演奏也开始了，没谁想要离开酒吧，因为快乐之河就在那里流淌。

我在那家酒吧看了整整一周的比赛，没有看到球迷闹事的事件。即使意大利打得不很精彩，那些披着地中海蓝色球衣的意大利球迷也没有过激的举动。当我离开都柏林时，对它唯一的留恋就是，不能与那么多可爱的球迷一同欣赏欧洲杯了。回到中国，正赶上四分之一决赛的开始，当我在黎明中看到贝克汉姆射失了点球，葡萄牙最终进军半决赛时，我想到了都柏林的那家酒吧，那些英格兰的支持者一定会扼腕叹息、悲痛欲绝！虽然我们在同一个时刻悲痛，但他们悲痛在黄昏，而我悲痛在黎明！

当德甲联赛中那张熟悉的面孔出现在希腊主帅的位置上时，我曾跟人预言，这个雷哈格尔肯定会创造奇迹。因为这家伙在德甲就善于创造奇迹，而且对足球没有欣赏眼光的上帝很愿意帮助他抒写神话。希腊最终夺冠了，我相信在都柏林的那家酒吧，许多葡萄牙的球迷会流下伤心的泪水。他们也许并不仅仅为葡萄牙“黄金一代”的折戟沉沙而难过，他们会为足球的“实用主义”的胜利而叹息，而那也是我在看希腊球员手捧奖杯狂欢时，心中发出的最深重的一声叹息。

狗屎与鲜花

养狗的国人越来越多了。人要散步，狗要溜达，于是向晚时分，常可在路上觑见人狗同行的情景。

居于城市的人和狗都是可怜的，因为可供消闲和撒欢的地方少得可怜。就拿我居住的环境来说，楼下只有一条几百米长的沿着马家沟河的带状花园，它原本归属我们小区，买楼的时候，这属于小区的配套设施。但入住后，市建部门却说开发商并没有取得这带公园的开发权，于是，小区的大门被强行扒了，这一带用我们的钱建起来的花园成了公用领地。附近的居民，清晨有来这里打太极拳的，扭秧歌的，晚上有来遛狗的，闹哄得像是假日的农贸市场。几百户业主联名上访了几年，问题始终也没有得到解决，于是只能眼睁睁地看着花园任人践踏，眼睁睁地看着草枯了，看着丁香丛中满是垃圾。

在哈尔滨，我只能在楼下的这带备受摧残的花园散步。我最厌烦的，就是那些遛狗的人。狗在花坛上肆意地便溺，主人往往还带着炫耀的神色与别人说：我们家狗才懂事呢，从不在家里拉屎，每天都憋到晚上出来时。这下好了，那些摇头摆尾的狗们，钻进花坛，快活地排泄，日日如此。花坛上狗屎遍布，令人作呕。

问题当然不出在狗身上，而出在人身上。狗没脑子，人还没脑子吗？

外国人也喜欢养狗，我在欧洲的巴黎、都柏林，在美国的芝加哥，在澳洲的悉尼，常常看见那些带着爱犬散步的人。他们散步时往往要带着一次性的塑料手套和袋子，如果狗遗矢了，一定要停下来，将其拾起。而我在国内，没有看见一个人是这样做的。

我们的市民的道德感显然不强，文明度也不高。好像人一旦出了家门，所有的环境都与己无干，可以恣意破坏。

由狗屎我联想到了鲜花。我们的人际交往，多以实物作为礼物，而西方人则喜欢用鲜花来表情达意，所以他们街头的花亭就多如雨后的蘑菇。常见那些匆匆下班的人走向花亭，买一束鸢尾花或是百合。我能想见他们的晚餐桌上，除了美酒佳肴和温柔的灯影外，还有花影婆娑。在一个清新优美的环境中，人的生活质量和情操显然也提高了。

六月底我在俄罗斯的伊尔库茨克机场，见到了一幅难忘的画面。

伊尔库茨克机场，大约是我见过的世界上最简陋的机场了。机场很小，行李提取还需要人工操作。出关的大厅竟然是用木板搭建起来的，中间还拦着铁丝网。当我拉着行李走在吱嘎作响的地板上时，忽而觉得自己是在马棚中，忽而又觉得是在集中营里。

步出机场，就是另一番天地了。那是上午的时光，阳光灿烂，接机的人群中鲜花点点，令我吃惊。有年轻的女人拿着束红百合的，也有中年男人捧着把紫色铃兰花的。有一个刚步出机场的身材俊美的女人，朝着人群中的一个老妇人和一个小女孩走去。老妇人一手拉着小女孩，一手拿着束金黄的菊花。当年轻女人朝她们走近的时候，老妇人把鲜花交到小女孩手上。小女孩飞奔向前，于是，年轻的女人扔下行李，把小女孩连同鲜花一同抱了起来。那束菊花随着拥抱和亲吻而摇曳，好像也在发出快乐的笑声。我想起了一九九八年十月，我去桂林参加书展归来，正好爱人在哈尔滨，他去机场接我。在出口处，我见他背着手，很羞怯的样子。接过我的行李，他把那只背着的手拿到前面，原来他买了一枝玫瑰！可惜机场没有一个人拿鲜花，所以他很难为情，一副见不得人的表情。

复苏中的俄罗斯还有许多不尽如人意之处，但这个民族的文化素养之好，是我们难以比拟的。虽然他们生活清苦，但精神富足。而我们的生存环境，狗屎纵横，鲜花失色。我们在物质生活上可能会是个富翁，但在精神上却沦落为乞丐。其实让狗屎从城市消失并不难，可以采用罚款的方式。国人心疼自己的钱袋，一旦挨罚，就像被马蜂蜇了一般难受，会被迫打扫狗屎，从而养成好习惯；而对鲜花那种情怀的培养，可不是一蹴而就的事情了。

最是
沧桑起
风情

我想在万物生长的声音中，他的灵魂，在另一个世界也会生长吧。

艺术之“缘”

悉尼歌剧院，是每一个到了澳洲的人都不会错过的一道风景。它在阳光下像一片片迎风展开的白帆，而在月光下则如一蓬宁静的睡莲。我不满足只是看它的外观，我对乔伊斯基金会的艺术主任克拉拉女士说，我想去歌剧院听一场音乐会。她问我喜欢什么风格的，古典音乐还是现代风格的爵士乐。我说随便，赶上什么就看什么，我觉得能在那里上演的节目都不会差。

克拉拉女士预订了两张票，告诉我们在歌剧院的入口处将我的名字报给对方后，就可以取到票。她对我开玩笑说，你要穿得漂亮些，我给你订的包厢票，到时会有人拿着望远镜看你。

我们领完票，提前半小时就进场了。将包寄存好，我买了一张节目单。原来是悉尼交响乐团的演出，这真让我兴奋不已！我喜欢交响乐，而且我知道悉尼交响乐团是声名赫赫的乐团。找到我们所处的包厢位置，才明白克拉拉女士在跟我开玩笑，那是一个可容纳近百人的包厢，二楼都是这种环绕着舞台的包厢，不过视觉效果很好。楼下的舞台一览无余，感觉那圆形舞台就是身下的一只巨大的摆着丰盛食物的盘子，等着众多的食客一样的听众享用。坐定后，我仔细阅读节目表，发现第一支曲子竟然是柴可夫斯基的作品，这真使我美得要晕了！我偏爱古典音乐，其中对莫扎特和柴可夫斯基尤为钟情。我写作的时候，常把莫扎特的碟放在唱机中，用它作背景音乐。而柴可夫斯基的音乐，需要静坐下来专心致志地欣赏。我这样说，并不是说莫扎特世俗，柴可夫斯基高雅，只不过说明他们音乐品质不同。莫扎特可以在你不经意间就走进你的心灵，而柴可夫斯基的音乐则需要你培养着一种心情对它“虚席以待”。

当交响乐团的著名指挥Gianluigi Gelmetti风度翩翩走向乐池时，全场响起了热烈的掌声。剧场座无虚席，可见交响乐团受欢迎的程度。开篇就是令人心醉的《D大调小提琴协奏曲》，当家喻户晓的小提琴家阿卡多拉出令我熟悉的那深情、悠徐而又感伤的主题旋律时，我觉得整个歌剧院化成了一朵云，而我正坐在云端，有一种羽化登仙的感觉。我为能在那里相遇这样的旋律而无比陶醉，对我而言，那不啻爱的相遇。

欣赏完音乐会，已是深夜了。我们乘着船回海滨的驻地。我站在船尾，被清凉的海风吹拂着，看着渐渐离我远去的沐浴着灯火的歌剧院，觉得那如贝壳一样层层叠叠张开的白色瓷片，就是上帝写在海面的一串最烂漫的音符！

去澳洲前，我还想看一幅由弗雷得里克·麦卡宾创作的油画《在沃勒比小路上》，那是描绘早期殖民地时期金矿开发的作品。画家择取的角度非常独特，他没有描绘采金的混乱、辛劳的现场，而是选取了采金人在归家途中晚炊的画面。妻子不胜疲倦地倚靠着一棵粗壮的树在打盹，孩子趴在母亲的腿上似在酣睡，而作为主人公的淘金人，被大胆地设置在远景上，他正笼火做饭。在林间空地，一抹金色的斜阳飘动着，整个画面看上去生动、凝练而又和谐，十分巧妙地揭示了采金人的辛酸生活。我喜欢这种不充斥着剑拔弩张情绪的内敛的艺术。

我去了悉尼歌剧院对面的国立美术馆，没有发现这幅画作。也就是两天后，克拉拉女士为我的英文新书《格里格海的细雨黄昏》举行了一个大型钢琴伴奏朗诵会，地点选择在新南威尔士州美术馆。那是澳大利亚馆藏经典最多的美术馆，我在抵达当日的媒体见面会也在那里，不过那天已是闭馆时分，我未及仔细参观。朗诵会开始前一小时，我步入现场，那是一个巨大的展厅，一架浅黄色的三角钢琴摆在展厅的正前方，工作人员拉来了一百多把椅子，正在布置现场，电台的调音师也在做着演出前的准备工作。我浏览着悬挂在墙壁上的画作。突然，我发现了它，确切地说是钢琴帮助我发现了它！我站在钢琴旁，满怀好奇地想着华裔钢琴家威廉姆·陈在演奏时，他抬眼所看到的画会是什么风格的？是裸体的女人还是寂静的风景画？当我让目光穿过钢琴停留在对面的墙壁上时，我看见了那片蓊郁的树林，看见了靠着大树打盹的女人和她膝上的孩子，看见了淘金人晚炊的篝火和比篝火还要灿烂的斜阳，那一刻我又有了相逢到爱的那种感动！能够在我喜爱的一幅画作前用钢琴来演绎我的作品，我认为这与在歌剧院相遇到柴可夫斯基的作品一样，也是一种“缘”。能引起我永久回忆的并不是朗诵会热烈的现场气氛和谢幕时听众那长久的掌声，甚至不是那流水一样悦耳动听的琴声，而是那幅已经沁入我灵魂深处的画。画面上那历经了百年岁月的油彩，就是最苍凉而又最温暖的音符！

最深的湖水

冬宫的埃尔米塔日剧院，是叶卡捷琳娜二世于一七八三年下令兴建的，担当设计的是宫廷建筑师克瓦连吉。这座皇家剧院规模不大，只能容纳两百多人。观众席不是正对着舞台，而是由中央的一条通道给分成左右两部分。座椅呈圆弧形排列，所以从远处看，它就像一个裂成两瓣的红石榴。

这颗红石榴诱惑着我们，谁不想品尝它内里洋溢的汁液呢！更何况即将在此上演的，是柴可夫斯基的著名芭蕾舞剧《天鹅湖》。所以尽管票价高达三千卢布，折合人民币要一千块钱，我和几位同伴还是欣然解囊。

六七月份正是俄罗斯旅游的旺季，剧院爆满，据说一些欧洲的游客，提前一两个月就预订演出票了。坐在红色丝绒座椅上，我在想两百多年前的叶卡捷琳娜二世，她曾盛装华服，如一轮落在水中的明月，坐在舞台下面，由王公贵族陪伴着，观赏演出。这些显赫一时的人物俱已化为云烟，但柴可夫斯基却因为他的音乐，让人还能触摸到他的心跳。

在音乐家中，我最尊崇的就是柴可夫斯基了，其音乐的忧愁之美无人能比。能够在多少年后仍然能把人心底的泪水淘出来的音乐，一定是天籁之音。《天鹅湖》在柴氏音乐中是个例外，虽然也有悲伤的旋律，但总体是甜美、安详的，故事也是正义战胜邪恶的套路，不似《吉赛尔》，对人性和爱情有着更深刻的表达。看来大众还是向往美好的爱情的，所以尽管《天鹅湖》的主题有些浅显，还是赢得了人们的喜爱。

黑白天鹅的扮演者出于一人，演员的气质太动人了，以至让人对黑天鹅顿生怜悯。当白天鹅在天蓝色的湖面布景前展开翅膀，伴着行云流水般的音乐翩翩起舞时，我仿佛是置身湖畔，感受到了它的清凉和清澈。魔法师的魔咒，在王子和奥杰塔忠贞的爱情面前，如乌云般散尽，所以终场前的音乐，铿锵有力，充满喜悦和激动。

两个多小时的演出结束了，当我们满怀感动地步出剧院时，已经是午夜时分了。处于高纬度的圣彼得堡正值白夜，流经剧院的涅瓦河上落日溶溶，流金溢彩，好像河流也在上演一部轰轰烈烈的戏剧，正在高潮。

我们的俄罗斯之行的最后一站是伊尔库茨克，到了西伯利亚不看贝加尔湖，就像到了西藏没有朝拜布达拉宫一样，是令人遗憾的。尽管由于飞机延迟和其他的原因，我们已经连续二十几个小时没有休息，心急体乏，放下行李后，朋友们还是纷纷踏上了贝加尔湖之旅。

车子沿着安加拉河，向贝加尔湖驶去的时候，车窗外飞驰而过的是我熟悉的风景：盛开着野花的原野、大片大片的白桦林以及茂盛的灌木丛和那一座座木刻楞小屋，让我以为回到故乡了。

两个小时后，我们站在了凉风习习的贝加尔湖畔。这个世界上最深的湖容纳着蓝天，把天变成了怀抱中深藏的一块蓝宝石。它的蓝色程度，与我见过的安大略湖相似。登船前，我们在岸边的集市买了啤酒、烤鱼和烤肉。鱼产自贝加尔湖，我不知道它的名字，有点类似于黑龙江的花翅子鱼。

从地图上看，狭长弯曲的贝加尔湖就像一条跃出水面的青鱼，所以游船的时候，我觉得是骑上了青鱼的背。船很旧，这正符合我的口味。船开了，风也起来了。开始时我还站在甲板上看水，但很快受不了冷风的侵袭，回到舱内，和朋友们啖鱼饮酒。炭火熏烤的鱼鲜极了，大家赞不绝口。一条鱼落肚，我觉得身上有了热气，于是提着酒瓶出舱，上了甲板。风把我的长发吹得狂舞。虽然贝加尔湖的平均深度有七百多米，但我还是能望见湖底圆润的石头，足见它是多么的清澈逼人！贝加尔湖是世界上最大的淡水湖，它的水可以直接饮用，所以湖底还匍匐着一条条输水的管线，这是人类的生命线。假如贝加尔湖瘦弱不堪，这样的管线对它们来说就是绳索，但是有大大小小三百多条河流汇入其中的它，具有海的容量，这样的管线于它来讲，不过是衔在嘴边的一支竹笛吧。面对着幽深的湖水，面对着岸上的青山，尤其是面对着无边无际的风，我忍不住饮酒呼喊着。同船的俄罗斯小伙子伊万见我如此忘情，走过来豪迈地对我说，我代表俄罗斯人民，把贝加尔湖送给你！我笑着回答，不是送，是还给我，我们的祖先曾在这里生活过啊。他看着我，一脸苦笑。

尽管俄罗斯有那么多不尽如人意之处，但他们对文化和自然的保护是世界上首屈一指的。我在埃尔米塔日剧院，领略的是文化上的深沉的湖水；在贝加尔湖，看到的是自然上深沉的湖水。被这样两种深深的湖水滋养着的俄罗斯，一定会像白夜中的涅瓦河一样，裹挟着光明，一往无前。

看见的和看不见的镣铐

普希金和陀思妥耶夫斯基的呼吸，都是在圣彼得堡止息的。在清幽的莫伊卡河畔，有一栋三层的老房子，它就是普希金最后的居所。在书房的写字台上，陈列着一支羽毛笔。据说普希金写作时，喜欢啃笔管，因而这笔没有羽毛，光秃秃的。看来，普希金是个激情荡漾的人，哪怕他进入想象的世界，也是不安分的。普希金的诗，影响了一代又一代的人，他被认为是俄罗斯文学之父。他短暂的一生，曲折而壮丽。他反对农奴制，反对沙皇，支持十二月党人的起义，曾经被幽禁。一八三七年，他为了捍卫家族和妻子的名誉，与法国人丹特士决斗，饮弹身亡。在他的故居的一个小盒子中，陈列着普希金的一缕头发，它软软的，茸茸的，色如成熟的玉米缨子，状如春光中飞扬的柳絮。普希金活了三十八岁，这样的一生，也就是春天的一生，明媚，灿烂。我们游涅瓦河的时候，船上的导游指着岸上的一座老房子说，当年普希金在决斗的路上，曾在这里歇脚，喝过咖啡。我想如果换作别人，那杯温热的咖啡，可能会绊住他的脚，但普希金没有，他走出咖啡馆，毅然去了决斗场。毫无疑问，他是个勇士。他倒下了，他的诗歌却像俄罗斯白桦林上空的云雀一样，动人地歌唱着。

陀思妥耶夫斯基的一生，是与疾病、贫穷和苦难抗争的一生。他活了六十岁。他人生的天空，乌云笼罩，可他用那支苍凉的笔，化作闪电，为我们呈现了一个风云激荡的世界——《白痴》《被污辱与被损害的》《罪与罚》，哪一部不是灿烂的呢？由于负债累累，陀思妥耶夫斯基在圣彼得堡居无定所，搬迁频繁。他最后的故居，离一个菜市场很近。在他故居的门口，我遇见了三个卖浆果的老年妇女，她们穿着长裙，包着头巾，袖着手站着，很像陀思妥耶夫斯基笔下那些为着生计而奔忙的小人物。讲解员说，陀思妥耶夫斯基的《卡拉玛佐夫兄弟》就是在这里写就的。在陈列室，我看到了一副锈迹斑斑的脚镣，它是陀思妥耶夫斯基四年苦役生活的见证。他戴着它，写就了《死屋手记》。任何描写苦难的文字，在这副脚镣面前，都会黯然失色。这副脚镣，如岁月的风铃，带给人无限的伤感。脚镣囚禁了他的脚，却没有缚住那颗自由的心。陀思妥耶夫斯基直到去世前，才偿还完所有的债务，而他为人类留下的，却是无价的、不朽的艺术。他因为死亡，终止了搬迁；也因为死亡，这最后的居所，为他所拥有了。在陀思妥耶夫斯基所生活的时代，圣彼得堡只有八十万人口，而为他送葬的，足足有八万人！他了解底层人民的疾苦，用作品控诉社会的不平，人民才如此地爱戴他。

去年在俄罗斯，我最大的遗憾，就是没能去成托尔斯泰的庄园，在我心目中，那是文学的圣地。今年参加中俄文化年的活动，有机会到雅斯纳亚·波良纳庄园，对我来说，是此行最美好的事情。

托尔斯泰不像陀思妥耶夫斯基，他无论是生前还是死后，都享有至高的荣誉。他出身贵族，不过他为着这个出身而羞愧，他曾在日记中写道："一想到自己的生活是由他人侍候时，就感到卑污，感到难过。那些人为着使自己和家人免于冻死、饿死而在卖命。"他最终离开莫斯科，来到乡村，与想过自食其力的生活不无关系。去庄园前，我们参观了俄罗斯社会科学院的艺术博物馆，在那里，我看见了托尔斯泰自制的一双靴子。那双靴子式样简单、实用，不过，它们不是一般大小，可见托尔斯泰做靴子，并不如拿笔那么自如。这双靴子，踏过多少朝露和霜雪？

从莫斯科到托尔斯泰的庄园，大约四个小时的车程。沿途是广袤的俄罗斯原野，这条路，是托尔斯泰的叛逆之路、回归之路。一入庄园，便看见一个池塘，清风从水面掠过，带给人爽意。池塘边有两只迎风展翅的公鸡，羽色斑斓。沿着林荫小路向上走，可看见庄稼地和花房，再向上，就是托翁的故居了。那是一座白色的小楼，托尔斯泰在这里接待过屠格涅夫、高尔基、契诃夫等作家，《战争与和平》和《复活》也诞生在这里。也许是户外蓊郁的森林的烘托，这故居显得无比的温暖，无比的安详，毫无阴郁气，给人以亲切感。我真想坐在一把硬木椅子上，握着一杯茶，听听风声。故居中陈列着托尔斯泰穿过的道袍似的粗布衣服。看过列宾那幅《托尔斯泰在写作中》的画的人都知道，他习惯在拱顶室写作。那里原来是个仓库，托尔斯泰看上了它的安静。拱顶室就像一个历经沧桑的老人，微微驼着背，带着谦和的笑容，迎接着参观者。列宾画中描绘的墙壁上挂着的农具，已不见了，不知那农具去了哪里。

出了故居，我们拜谒托尔斯泰的墓地。他的墓离他生前的居所并不远。那座墓没有墓碑，周围是高大的冷杉，墓地旁边有一条浅浅的沟谷，好像沉陷在大地的一支笔。托尔斯泰躺在那里，看着他耕过的农田，看着他骑马经过的树林，也看着后世的风雨。我想在万物生长的声音中，他的灵魂，在另一个世界也会生长吧。

有些镣铐，可以看见，如陀思妥耶夫斯基的。而有些镣铐，是看不见的。托尔斯泰的一生，都在试图挣脱一副无形的镣铐的束缚，那就是他一出生就加在身上的贵族的镣铐。他在不断地谴责自己的过程中，使作品走向了博大辉煌！普希金呢，他挣脱的是生命的镣铐，当名誉和尊严受到损害时，他宁可用鲜血祭洒他的青春，这怎不叫人为他生命的纯洁和豪情而赞叹呢！

这些伟大的作家，因为有了温暖的、济世的心，有了高贵的、不屈的灵魂，不管是看得见的还是看不见的镣铐，都无法禁锢他们，因为他们的心没有牢狱，海天一般地广阔，长风一样地自由！镣铐在他们眼里，不过是发生了日食和月食的日月，尽管表面阴影重重，但其内里，却是通体的光明和芬芳啊。

石头与流水的巴黎

巴黎的教堂、宫殿、桥梁、博物馆、道路以及老城区的房屋，都是由石头铸就的。那石头于苍灰中隐藏着青白色，极似三月的塞纳河水，苍凉却不失温暖，凝重而又不失明媚。所以我对埃菲尔铁塔和罗浮宫前的金字塔都没有热爱之情，在我看来，铁塔像颗刺向巴黎的铁钉，而贝聿铭设计的玻璃金字塔无疑就是扎向罗浮宫心脏的一把尖刀。如果除掉这颗铁钉和那把尖刀，巴黎就是一幅极具质感的沧桑的油画，值得永久悬挂在天庭下。

巴黎众多的艺术馆，是我最向往的地方。我是由罗丹开始走入巴黎的艺术世界的。罗丹艺术馆，有一个很大的草木葱茏的庭院，他的代表作之一的《地狱之门》，就伫立在入口处，让人顿生肃穆之情。室内展厅有著名的《吻》《手》和《巴尔扎克》，也许是对它们的期望值太高了，我觉得它们有些微微的拘谨和庸常。我更喜欢的，是那些线条灵动、朴拙的小小的石头雕塑，那上面有懒洋洋的少女，有拥抱着的恋人，这样的作品看上去更天真和传情。雕塑其实是一种让坚硬变得柔软的艺术，所以我对那些能让我感受到柔软情怀的作品更情有独钟。

接下来我去的是位于玛莱区的毕加索美术馆。我以前对毕加索没有特别的喜好，觉得他在用色上跟莫奈一样花哨、招摇，而且认定他只是一个形式主义的画家，没有更深的精神内涵。可当我看到他的二百多幅层层叠叠地排布开来的画作，以及他的那些雕刻品、陶瓷器品之后，我震撼了：毕加索确实是个天才，是个天马行空的永远不可能被人替代和遗忘的画家。他的画作的色彩繁杂却不迷乱，他的灵魂似乎悄悄潜伏在画作的经纬线上，牢牢控制着那些看似凌乱斑驳的色彩，使它们具有那种优雅的妖娆气质。他似乎无所不能，一颗铁钉、一个旧自行车的车把、一个歪斜的陶器，都能让他改造成艺术品。那看似随心所欲的一件件作品，浸透着他绵绵的才华。所以，毕加索的作品可以用“辉煌”一词来形容。虽然对他仍然谈不上热爱，但我欣赏他，为他的才华而折服。

蓬皮杜文化中心的现代艺术也是我想看的。其实去之前我就做好了失望的准备。在那里，我们很容易看到前些年风靡中国美术界的“行为艺术”的源头。在这一类的艺术家中，我对杜尚还存有一份好奇和尊敬，可到了他的展厅一看，失望之情油然而生。也许我没有看到他的《下楼的裸女》的那一系列我比较感兴趣的作品的缘故。但我们不能无视他的存在。在这个文化中心，还有马蒂斯、康定斯基、夏加尔的作品，他们的作品值得流连。

罗浮宫太著名了，尤其是那幅《蒙娜丽莎》，因它慕名而来的人太多了，使安置着这幅画的展厅更像一个庸碌的农贸市场的早市。相反，占据着近两个展厅的科罗的那些优秀的画作前却门厅冷落。罗浮宫没有一个很好的赏画的环境，去那的人好像“赶场”一样，多数行色匆匆，所以尽管那里有众多值得一看再看的画，我还是像呼吸到了不洁的空气一样觉得心中郁闷。蒙娜丽莎用她那若有若无的微笑，轻而易举地俘虏了世人“掠美”的普遍心态，她在永无止息的世俗目光的注视下成为“经典”。众生的眼睛啊，当他们睁着时，有多少又是盲人呢！

我爱奥塞。这个由旧火车站改造成的美术馆珍藏着许多我喜欢的画家的作品。在那里，我流连了一天。一进凡·高的展厅，我就觉得血流加快，他的画作的色彩和这色彩洋溢着的生命激情是那么的令人着迷、疯狂，百看不厌。那些画虽然经历了漫长岁月的洗礼，但它们仍然活泼得似乎要滴下那一滴滴的浓绿和金黄的油彩，给爱着他画的人添加一缕生命的颜色。毕沙罗的《冬天印象》，德加的《苦艾酒》，也在奥塞中，它们也是我热爱的画作。

最让我难忘的是米勒。我太喜欢米勒了。看到他的《晚钟》《拾穗者》《牧羊女》《月光》，我想流泪。流泪并不是矫情，而是发自肺腑的热爱。写实的米勒是那么敢于运用陈旧的颜色，他烘托的凝重气氛总是带着股宗教意味，他笔下的底层人不管生活多么地艰苦，看上去都是那么的隐忍、安详，给人一种圣洁感。他的忧郁之气浑然地漫溢在画面中，就像黎明前的晨曦一样动人。只有大画家才敢于运用陈旧的色彩表达人类最平凡、最质朴、最温暖的情怀。如果把凡·高的画比喻为巴黎的蓝天和白云的话，米勒的画就是那条呈现着苍凉之色的塞纳河，它们相互照耀，同样伟大。

我愿意巴黎是一座石头城，人类在其上能继续做着艺术的雕塑；我愿意塞纳河永远环绕着巴黎，因为它的水能分离和变幻出无穷的色彩，滋养着一代又一代的画家。只要石头和流水拥抱着巴黎，上帝就会永远把巴黎这幅人间名画悬挂在天庭下。

非洲木雕的“根”

在爱荷华的三个月，每至黄昏，我都要去河边散步。雨天时撑着伞，感受烟雨蒙蒙；起风的日子便可与飞舞的枫叶和银杏叶握手了。大多的日子是天清气朗的，夕阳把河面当成了宣纸，在上面泼洒晖墨，时而浓烈，时而疏朗。河边有一座美术馆，逢到周四，会开到晚上九点，我喜欢此时走向它。馆里的人寥寥无几，这时欣赏美术品无疑就是饭后手上拥有了一杯清茶，惬意极了。

这座美术馆最吸引我的，是非洲木雕。

木雕产生的年代为十六到十八世纪。木头不像石膏和铸铁，给人以生硬和冰冷的感觉。木是从泥土里生长的火种，是人世间最容易与云天相接的植物，它仿佛是肉身做的，腐烂后也会化为泥土。

我没有去过非洲，这些木雕不仅仅给我带来艺术上的享受，也让我谛听到了几百年前非洲土地上的风雨之声。

木雕多为人物的造型，但也有动物，如火鸡、狗和老虎等等。人物的情态多是温顺的，动物也如此，能感受到人与动物在那片土地上的和谐相处。有两尊木雕让我格外喜欢，一尊是一个半蹲着的宽额女人，乳房高耸，其脖颈以下的木质颜色深重，让人觉得她刚从深渊中拔出头来，带着股无与伦比的喜悦和安恬。还有一尊是一个站立着吹口琴的人，这尊木雕上有额外的装饰，人物的胸前挂着一面小镜子，头上则插着羽毛，看上去优雅而时尚。非洲木雕，常常有这样的“神来之笔”：用稻草做胡须，用贝壳做披风等等。所选的材料，无一不是植物的标本和动物的外壳——它们都曾有过生命。

我喜欢这些非洲木雕，它们无一不是抽象的，又无一不是具体的。木雕中的人物神态是安详的，好像他们每时每刻都在梦境中。我一次次地走向这些木雕，终于有一天，我发现了非洲木雕的“根”！

乳房大概是太阳和月亮的化身，所以全世界的艺术家在处理它时，大都采用明朗的笔法，极尽赞美。男性的私处，处理得暗淡的居多。但也有明朗的，如米开朗琪罗和罗丹的雕塑。

那些非洲木雕，在男性的“根”的处理上，无一例外地含蓄。很多木雕的男性均为短腿，肚腹很长，私处被置于边缘，极不起眼。还有的呈跪立的姿势，这样私处就与泥土相接，融为一体。当然，也有安然坐着的，但他们坐着时都是双腿交叉，不见其“根”。有一尊骑在老虎身上的男人雕像，他的“根”就隐藏在动物的毛发中了。还有一尊坐在椅子上怀抱婴孩的雕像，这婴孩也是用娇小的身体遮住了其父的“根”。而另一尊身材修长的男性雕像，私处干脆挂上了一块深棕色的麻布，好像那里是男性舞台的后台，随时要向观众垂下幕布。

我从这些非洲木雕对男性的“根”的处理上，看到了非洲艺术的“根”，那就是内敛的激情和含蓄的美。雕刻者把非洲男人身上的雄性特征，与泥土、生灵和器物融为一体，我们既可体会到他们古朴的生活方式，又可领略到简约、纯净之美，而这是艺术的至高境界。难怪这些木雕吸引着我，一次次地让我在如梦似幻的黄昏时靠近。

鹿皮袋里的劈柴

我以为巴黎不总是阴郁的，只是我运气差，才会一连多日难见它的晴朗。可是生活在这儿的朋友告诉我，巴黎的初冬就是这样，很少出太阳。看来巴黎把阳光当成了麦子，种了一春一夏后，到了秋天就收割归仓了。而我五年前去法国，也许是初春的缘故，在巴黎，尤其是在诺曼底一带，看到的天是那么的澄澈。

在巴黎有一周的时间，而正式的会议一个下午就结束了，所以我有充裕的时间逛街和参观艺术馆。邀请我的法国人文学院，安排我住在塞纳河左岸的一家小旅馆。我请教了我小说的法文译者、在《欧洲时报》供职的董纯女士，那条街的名字如果翻译成中文，应该叫圣·叙勒比斯大街，是左岸的中心区，非常繁华。旅馆的对面，是一家旧百货公司，左拉曾在小说中描绘过。从我所住的旅馆出发，朝塞纳河走去，也就二十分钟吧。所以去罗浮宫、奥塞博物馆、香榭丽舍大街，步行就可以了。在法国国家图书馆工作的傅杰，特意抽出一天时间，陪我去大皇宫，说是那儿正有一个“毕加索和大师们”的展览，展画价值二十亿欧元，被称为“史上最贵的展览”。傅杰是云南人，自己学过画，现在迷恋上了雕塑。由于工作的便利，傅杰带着我，在入口出示她的证件后，便把我径直带入大皇宫，省却了排长队购票的麻烦。

大皇宫里虽然人头攒动，但并不喧闹。你能听到的，只是缓缓的脚步声。这样的脚步声，其实是来自民间的最质朴的掌声。第一个展厅展出的，是大师们的自画像。我最喜欢的，是德拉克洛瓦的一幅带着忧郁之气的自画像，还有一幅毕加索的早期作品。画中的毕加索还是个少年，牵着一匹马，表情庄严、纯洁，背景是迎春枝条一般的鹅黄色，看上去清新、温暖。这次展览，请来了马奈的《奥林匹亚》、德加的《苦艾酒》、安格尔的《浴女图》、戈雅的《裸体的玛哈》，以及提香、高更、普桑等巨匠的作品。看他们的作品，一个最深切的感受就是，做一个画家是幸福的。绘画和音乐在我眼里是长着翅膀的艺术，因为它们不像文学那样，如果跨越国界，必须借助翻译。只要你有一双明亮的眼睛和聪灵的耳朵，不管什么肤色和讲何种语言，都能感知绘画和音乐的美，触摸到它们的魂灵。从这点来看，画家和音乐家是真正获得了“解放”的人，因为他们所从事的艺术，从里到外都是自由的。

从大皇宫出来，傅杰又带我参观了埃米尔·诺尔德的画展。他是德国表现主义的代表性画家。这是我第一次接触他的作品。老实讲，我不太喜欢他的画，过于堆积的色彩和夸张的形式，给人的视觉造成了压力。这样的画缺乏空气，让人不能自如地呼吸，这也是我不喜欢毕加索立体主义时期的一些作品的一个缘由。形式过于强悍，带着股粗暴之气。而好的艺术，不管外表多么光怪陆离、五光十色，其内核应该是柔软的。

参观完画展，我和傅杰沿着香榭丽舍大街散步。路边的梧桐树大都脱尽了叶子，只有一棵，还灿烂着。好像这树恋爱着，得到了上苍的怜惜，让它赴了一场漫长的约会，延长了青春。我在那棵树下，拍了张照片。梧桐树其实还有个好听的名字——悬铃木，它的叶片与枫叶很像。可以想见，被秋风和寒露浸染得一派金黄的叶片，是何等的风华！

接下来的几天，我握着一张地图，开始独自在巴黎的小街上闲走。这对我来说，是最惬意的时刻。因为走累了，随时可以推开一家咖啡店的门，喝上热腾腾的咖啡。巴黎是没有败笔的，随便你走到哪儿，抬起头来，都有入眼的风景。不像我们，若是在一个城市走出了“风景区”，猛然面对的，往往是破败的大街和肮脏的陋巷，让人意兴阑珊。有一天，我踅进一家装饰店，忽然发现虚拟的壁炉下，躺着一个长方形的宽松的皮口袋，好像谁刚刚长途旅行归来，进门把它丢在地上的。我诧异，这儿的装饰店，难道兼营皮包的生意？我走过去，一看，那敞开的袋口里，现出的竟然是几块劈柴！那是个上好的鹿皮口袋，价格不菲，可它仅仅是装劈柴的口袋！那一瞬间，我想起了童年在大兴安岭的时候，为了抵御漫长的冬天和寒冷，我几乎每个早晨都要从户外抱回劈柴，堆在火炉旁的墙角。那些劈柴赤裸裸的，从无装饰。讲究的人家，至多不过用箩筐盛它。这鹿皮袋里的劈柴，让我似乎寻到了巴黎的品质——再朴素的心，也要有一个高贵的外表。

归国的那天，吃过早饭，我就步行去奥塞博物馆，因为航班是晚上的，我可不想浪费一个白天。我去奥塞，其实只想再看看米勒的画。上次去那儿，站在他的画作前，总有不舍的感觉。奥塞正有一个毕加索和马奈的《草地上的午餐》的主题展览。那个临时划出的狭小展区，排起了长队，我也加入了那个行列。半小时后，我进了展区。迎面矗立的，就是马奈的《草地上的午餐》。画中那个坐在两个衣冠楚楚绅士间的裸体女郎，与《奥林匹亚》中的女郎是同一个人。她是马奈的模特默兰，出身贫寒，晚景凄凉。她那睥睨世俗的无邪眼神，震惊了世人。与马奈原作一起展出的，是毕加索戏仿的《草地上的午餐》，各种形式、不同比例的，大约有十几幅之多。可是不管我怎么看，总感觉不如马奈的原作震撼人。毕加索的魅力，不在仿作上。因为再高明的仿作，也是做别人的奴隶，而毕加索无疑是个做主子的人。

看过了科罗、凡·高、蒙克、莫奈等的作品后，我来到二楼，看罗丹的雕塑。罗丹无疑是十九世纪最伟大的雕塑家。奥塞有他的《巴尔扎克》、《地狱之门》（局部）等作品。说起罗丹，我们都会想起他的学生和情人克洛黛尔。克洛黛尔的作品，并不在罗丹之下。她的后半生，是在精神病院度过的。这也让我想起毕加索，他和罗丹一样，一生不停地追逐女人，再抛弃女人。他们的辉煌里，无疑浸润着女人的珠泪。看着克洛黛尔的作品，我的心一阵作痛。

到了与奥塞告别的时刻，我下楼来，拜望米勒。这个在诺曼底出生的画家，灵魂里凝聚着那片海域的庄严和宁静，所以他的《晚钟》《牧羊女》《播种者》，充满了宗教感，深沉朴素，凝练浑厚。画面中辽阔的田野，虔诚的劳作者和祈祷者，像是那个世纪农民的雕像。虽然画作不是明亮的，可是你却能感受到无与伦比的光明，这就是米勒的魅力，他把光明融进泥土中了。与一壁之隔的毕加索和马奈的联展相比，米勒的画作前观者寥寥。毕加索是唯一一个在世时看着自己作品入罗浮宫的画家，无论是他生前还是死后，他都享受着至高的荣誉。我的眼前，忽然闪现出了那个装着劈柴的鹿皮口袋。我觉得毕加索很像那个鹿皮袋，在形式上征服和吸引了人的眼球，而米勒，则是里面的劈柴。而我更爱的，是劈柴，因为它能够熊熊燃烧起来。

出了奥塞，巴黎雨雪交加。这也许是巴黎的第一场雪吧。风很大，塞纳河畔几乎不见行人了。也许是我撑的轻型伞的伞骨太软了，它被狂风掀起，将我暴露在雨雪中。那一刻，我感觉自己哭了，因为雨雪把睫毛打湿了。

最是沧桑起风情

大约三百年前吧，葡萄牙殖民者从非洲大批地往巴西贩卖黑奴。由于路途遥远，黑奴在海上漂泊过久，上岸时往往手足僵硬，不能行走，恍若残疾。贩奴者为了让手中的“货”鲜活出手，勒令黑奴在狭小拥挤的船舱中跳舞，活动筋骨。黑奴们便敲打着酒桶和铁锅，跳起了流行于非洲的森巴舞。

森巴舞来到美洲后，很快吸纳了欧洲白人带来的波尔卡舞，以及当地印第安人的舞蹈，演变为风靡巴西的“桑巴”。看来艺术的融合，是不分种族和阶层的。艺术的天然性，总是使它比政治要先一步到达“和平”。

对于一个观光客来说，里约热内卢的夜晚，是不能不看桑巴的。

我们走进剧院时，桑巴舞的表演已经开始了。流光溢彩的舞台上，几个男演员穿着金色长袍，戴着插有五彩翎毛的高筒帽子，正随着激昂的乐曲，且歌且舞着。他们满怀朝气和力量，无论左右移动还是旋转，双足如同跃动的鼓槌，轻灵激越。接下来上场的，是几个花枝招展的少女。她们穿着红黄蓝绿等色彩艳丽的服饰，袒胸露臂，像一群花蝴蝶，满场飞舞。她们修长的腿，宛如魔术棒，令人眼花缭乱。开始的半小时，我们看得饶有兴味，可是随着节目的深入，在锣鼓和钹一个节奏的敲击声中，我们渐渐有些审美疲劳了，不管舞台上的人怎样变换造型，一行人还是无精打采地垂下头。桑巴其实就是一场狂欢，而狂欢是会把人噎住的。

有了巴西看桑巴的经历，到了阿根廷，我对闻名遐迩的探戈并没有抱很大的期待。一天晚上，大使馆宴请我们，在一家饭店吃烤肉喝红酒，观赏探戈。那个舞台布景简单，上半部是悬空的乐池，下半部是舞池。几杯红酒落肚，我有微醺的感觉。当抑扬顿挫的舞曲响起来的时候，我却昏昏欲睡。舞池中的演员都很年轻，男士个个西装革履，英气逼人，而女士则是清一色的开衩长裙，亭亭玉立。应该说，探戈比桑巴要适宜观赏，因为管弦乐不像打击乐那样压迫人，它给人舒缓的感觉。虽然如此，连看了三曲后，表情过于庄严的演员还是让我疲乏了。据说，探戈这种双人舞，表现的是身佩短剑的男士与情人的幽会，因而表演者的举手投足间，都透露着警觉。有一点警觉当然好，可是满场都是警觉了，就让人觉得晃动在眼前的，是一群木偶了。就在我要耷拉下脑袋的时候，舞台忽然为之一亮，一个风度翩翩的老人携着舞伴上场了！

他看上去有七十岁了，中等个，四方脸，微微发福，满头银发，穿一套深灰色西装。他的舞伴，虽然年轻，却不是那种身形高挑的，她丰胸阔臀，看上去很丰满。他们在一起，相得益彰。音乐起来，他们翩翩起舞了。我坐在离舞台最近的地方，能清楚地看到老人的脸。他目光温和，似笑非笑，意味深长。他脸上的重重皱纹，像是鱼儿跃出水面后溅起的波痕，给人柔和、喜悦的感觉。他旋转起来轻灵如燕，气定神凝，完全不像一个老人。他揽着舞伴，时松时紧，舞伴在他怀中，无疑就是一只放飞着的风筝，收放自如。他划过的舞步宛如一个个绽放的花瓣，舒展，飘洒。当这些花瓣剥落后，我们在花蒂看到了他的优雅和柔情。这实在是太迷人了！一曲终了，掌声、喝彩声连成一片。坐在我身旁的电影演员潘虹女士，也格外喜欢这个老者，我们俩起劲地拍着巴掌，不停地叫着："老头太棒了，太棒了！"老者下场后，占据舞台的，又是一对对年轻的舞伴了。他们依然是表情庄严，一丝不苟地跳着，让我觉得好像在看一场拉丁舞大赛，兴致顿减，呵欠连连。潘虹说：

“你睡吧，老头出来了我就喊你。”我很没出息地打起了盹。也不知过了多久，潘虹在我肩膀上抓了一把，说：“醒醒，老头出来了！”果然，又是那个须发斑白的老者，携着他那丰腴的舞伴出场了！他的举手投足间，有一股说不出的韵味。他舞出的，分明是一条清水，给人带来爽意，而他自己，就是掠过水面的清风。别人是被探戈操纵着而表演，只有他，驾驭着探戈，使这种舞蹈大放异彩！

演出结束，大使馆的文化参赞向我们介绍说，这个老者，是阿根廷著名的“探戈先生”，他是阿根廷十位杰出的艺术家之一。他的舞伴，是他的孙女。他年轻时，就是赫赫有名的探戈舞者，他跳了大半辈子了。难怪，在满场的俊男靓女中，他还是那么的夺目。

我们的最后一站是墨西哥城。观看墨西哥民族风情歌舞表演，是在一家有着四百年历史的大剧院。圣诞将至，剧院装饰得很漂亮。这台歌舞像是桑巴的翻版，也是一个节奏的热烈奔放的音乐，以及不断变换的绚丽服饰。演出只到半场，我们访问团的人大都打起了瞌睡。那一刻我想，为什么风情的表演会使人疲倦呢？也许因为风情没有情节性，不吸引人？也许因为风情不触及人的心灵，没有震撼力？难道风情只能成为轻轻一瞥的招贴画，或是可有可无的旅游纪念章？我想起了那位“探戈先生”，为什么他的表演就能让人身心激荡呢？思来想去，是阅历让他能出神入化地演绎风情啊。风情在他身上，是骨子里生就的，舞步不过是外化形式而已。而没有阅历的风情，如同没有发酵好的酒，会让人觉得寡淡无味。看来，最是沧桑起风情啊。

废墟上的雄鹰和蝴蝶

在墨西哥城国民宫观看壁画大师里维拉的作品，恍如置身于南美的伊瓜苏大瀑布前，那斑斓的色彩，汹涌澎湃的气势，立刻让你觉得你与大手笔相逢了。这数十米长的巨幅壁画，向我们展现的是二十世纪四十年代以前墨西哥民族历史的风云画卷，我们从中能看到西班牙殖民者的入侵，看到美法入侵，看到印第安人不屈的反抗，看到伊达尔戈神甫发起的独立运动。画面上刀光剑影，战马、铠甲、长矛、弓箭、炮火、枪支、硝烟，向我们讲述了不同时代的血雨腥风。相比于这些充满了战争意味的壁画，我更喜欢二层回廊的几幅作品，那里有头戴花冠的神灵，染布和造纸的妇女，以及持锹种玉米的男人。环绕着他们的，是火山、阿兹特克金字塔、庙宇、水渠和树木。这些风景和人物，好像沐浴在晚霞中，给人无与伦比的安详感。

那一瞬间，两个里维拉站在了我面前，一个是拔剑怒吼的斗士，一个是柔情似水的诗人。

里维拉不仅仅因为他的壁画在墨西哥家喻户晓，还因为他的第三任妻子，也就是越来越为人们所熟悉和热爱的著名画家——弗里达·卡洛。

二〇〇二年，随着萨尔玛·海耶克主演的电影《弗里达》的上映，这位一生经历传奇、有着惊人美貌和才华的女画家，顿时风靡世界，成为很多人心目中的偶像。

弗里达·卡洛出生于墨西哥，她的父亲是犹太人，母亲则是混合着西班牙与印第安血统的墨西哥人。卡洛六岁时患小儿麻痹症，十八岁遭遇车祸，一根钢柱刺穿了她的骨盆，全身十多处骨折。这次事故造成的恶果，使她一生经历了大大小小三十多次的手术。然而病床和轮椅并没有囚禁她，卡洛奇迹般地站了起来。她在自己出生的蓝屋中作画，并与少年时代的偶像里维拉结合。里维拉比她大二十岁，又高又胖，而卡洛娇小玲珑，他们的结合，被人形容为“大象和鸽子的结合”。就是这只轻灵的鸽子，衔着画笔，把她自己以及她所经历的血淋淋的一切，坦然而醒目地呈现给世人。

电影《弗里达》和关于卡洛的一些传记，大多把里维拉描绘成一个生性风流的家伙，而把卡洛描写成一个受害者。其实，他们都是不安分于在一己河床流淌的河流，追究谁先于谁而不忠，并没多大意义。重要的是，里维拉一生不停地拈花惹草，但他最爱的是卡洛；而爱过男人又爱过女人的双性恋者卡洛，最终能留在她内心深处的人，无疑是里维拉。尽管卡洛声称她一生遭遇过两次事故，一次是车祸，一次是里维拉，但不可否认的是，这两次事故成就了她的艺术。他们是彼此的地狱，更是彼此的天堂。

走进蓝屋，与在国民宫看里维拉的壁画，心情是不一样的。蓝屋是卡洛的出生地，也是她的死亡地。卡洛的作品，大多诞生在这里。蓝屋外的墙壁是一色的海蓝色，花园里生机盎然。这亘古常青的海蓝色和这绿树红花的花园，对比起卡洛伤残的一生，总让人有些压抑和忧伤。里维拉和卡洛都信仰共产主义，是共产党员，在卡洛的陈列室，我看到了她画的一幅毛泽东主席的肖像。卡洛还曾与在墨西哥避难的托洛茨基相恋过，她的《布幔之间》，描绘了那一段情。

展厅里有很多幅卡洛不同时期的照片，她那几乎连成一体的漆黑浓重的一字眉、深沉明净的大眼睛、似笑非笑的唇角、微翘的下巴，看上去是那么的坚毅、高贵而冷艳。卡洛因为不堪病痛的折磨，依赖上了烈酒、香烟和麻醉品，它们像火焰一样为她照亮了画布时，也让她的身体经受了一次又一次静静的焚烧，将她无声地推到了悬崖边。蓝屋展示的卡洛的画作中，有《小鹿》《一些小刺痛》，几幅自画像以及一些静物画。同行者中，有人在寻找那幅几乎成为她的代表作的《断裂的脊柱》，可我不想再看刺中卡洛的钢柱，不想看她的眼泪和遍布于身的钢钉，因为在已看到的画作中，她那裸露着的滴血的心脏，身上横插着的箭矢以及那哀怨而不屈的眼神，已深深刺痛了我。我匆匆走出了蓝屋，在户外的花园里，大口大口地吸气。

一九五三年，抱病参加了个人画展后的卡洛，因右腿感染而遭截肢。卡洛大概不想再站起来了，一九五四年，她画了《生命万岁》。画面上的几个西瓜，有的完整，有的被破开，她大概明白自己的生命已经“瓜熟蒂落”，是向世人告别的时刻了。她破开的西瓜，是那么的成熟，汁液旺盛，鲜浓欲滴。那些满月、半月和锯齿形的刀痕，触目惊心。与其说这是一幅静物画，不如说这是卡洛的一幅自画像。她的一生，正是这样，刀痕累累，鲜艳夺目。一九五四年，四十七岁的卡洛辞世。虽然医生对外宣布说她是因感染了肺炎而亡故，但大多数人都认为，卡洛是自杀的。因为她在最后一天的日记里这样写道：“我希望离世是快乐的，我希望永不再来。”

卡洛是不会再来的。她和她的作品，带着鲜明的个性色彩，无法模仿和复制，已成传奇和经典。罗浮宫收藏的首位拉美画家的作品，就是卡洛的自画像《框架》，可见她在世界美术史上的地位。卡洛的作品尖锐、深刻、如梦似幻，法国超现实派领袖布鲁东称卡洛的作品充满了超现实的意味，可卡洛说："我不是什么超现实派，我画的只是自己，我所经历的一切。"从这个掷地有声的回答，可以看出卡洛确实是一个桀骜不驯的天才。这也说明，任何的流派，对于天才的双足来说，都是可笑的小鞋。

里维拉和卡洛，是坚定的民族主义者。虽然他们画风不同，但他们在求新中都注重传统。里维拉深受古玛雅文化的影响，有着惊人的创造力，一生画了大约三万平方米的壁画。卡洛热爱墨西哥浓烈的色彩和民间艺术，她的自画像，大都是穿着墨西哥民族服饰的形象。里维拉和卡洛，在我眼里，就是废墟上的精灵。里维拉为了复兴墨西哥文化，像雄鹰一样在旧文化的废墟上翱翔，以强健的翅膀，搏击出一片幽深广阔的艺术蓝天；而卡洛置身的"废墟"，是她自己伤残的身体，在这绚丽而苍凉的废墟上，她化为一只蝴蝶，在蓝屋里曼妙起舞，浅吟低唱。在那一世，我相信他们还会手牵手，就像卡洛在画中曾描绘的一样。

图书在版编目(CIP)数据

光明于低头的一瞬 / 迟子建著. —杭州:浙江文艺出版社,2022.1(2025.2重印)
ISBN 978-7-5339-6671-3

Ⅰ.①光… Ⅱ.①迟… Ⅲ.①散文集—中国—当代 Ⅳ.①I267

中国版本图书馆CIP数据核字(2021)第223421号

责任编辑 丁 辉
责任校对 唐 娇
责任印制 吴春娟
装帧设计 尚燕平
营销编辑 张恩惠

光明于低头的一瞬

迟子建 著

出版发行 浙江文艺出版社
地 址 杭州市环城北路177号
邮 编 310003
电 话 0571-85176953(总编办)
0571-85152727(市场部)
制 版 杭州天一图文制作有限公司
印 刷 浙江新华数码印务有限公司
开 本 880毫米×1230毫米 1/32
字 数 152千字
印 张 8
插 页 2
版 次 2022年1月第1版
印 次 2025年2月第19次印刷
书 号 ISBN 978-7-5339-6671-3
定 价 45.00元